KB067596

올드 맨 리버

〈K-픽션〉 시리즈는 한국문학의 젊은 상상력입니다. 최근 발표된 가장 우수하고 흥미로운 작품을 엄선하여 출간하는 〈K-픽션〉은 한국문학의 생생한 현장을 국내외 독자들과 실시간으로 공유하고자 기획되었습니다. 〈바이링궐 에디션 한국 대표 소설〉 시리즈를 통해 검증된 탁월한 번역진이 참여하여 원작의 재미와 품격을 최대한 살린 〈K-픽션〉 시리즈는 매 계절마다 새로운 작품을 선보입니다.

The 〈K-Fiction〉 Series represents the brightest of young imaginative voices in contemporary Korean fiction. This series consists of a wide range of outstanding contemporary Korean short stories that the editorial board of *ASIA* carefully selects each season. These stories are then translated by professional Korean literature translators, all of whom take special care to faithfully convey the pieces' original tones and grace. We hope that, each and every season, these exceptional young Korean voices will delight and challenge all of you, our treasured readers both here and abroad.

K-Fiction Series

올드 맨 리버
Old Man River

이장욱 | 스텔라 김 옮김
Written by Lee Jang-wook
Translated by Stella Kim

ASIA
PUBLISHERS

Contents

올드 맨 리버
Old Man River

내 팔에 있는 문신 'Old Man River'는 그저 노래가 아니라 몇 가지 뜻이 있다. 하지만 한 가지만 얘기해주겠다. 그 단어들은 영원한 것처럼 느껴진다. 그리고 내 삶은 그 강을 따라 노를 저어 내려가고 있는 것처럼도 느껴진다. 나는 내 길을 가고 있고 삶은 막 속도를 높이려 한다. 아마도 나는 속도를 늦추고 삶에 감사해야 할 것 같다…….

이렇게 말한 것은 히스 레저였다. 히스 레저는 호주 서부의 작은 도시 퍼스에서 태어나 배우로 활동하다 스무 살이 되던 해에 미국으로 건너갔다. 그는 마약에 빠

The 'Old Man River' tattoo on my arm is not just a song title, but it's got a few meanings. I'll tell you one of them. I just felt there was something eternal about the phrase, and I feel that I'm at a stage in my life now where life is just about to speed up and flash by. And so I feel like I am an old man river, paddling on a little rowboat. Maybe I should slow down and appreciate it.

This was what Heath Ledger had said. Born in Perth, a small city in western Australia, he began his acting career at an early age and left for the United States the year he turned 20. He wasn't addicted to

지지도 않았고 스캔들로 만신창이가 되지도 않았다. 많은 사람들이 그렇듯이 그도 사랑을 했고, 아이를 낳았으며, 이혼을 했다. 그의 마스크는 태평양의 바닷바람을 머금은 듯 거칠면서도 신선하다는 평을 받았다. 그는 〈브로크백 마운틴〉의 동성애자 에니스였다가 〈아임 낫 데어〉의 가수 밥 딜런이었다가 〈다크 나이트〉의 악마 조커이기도 했다. 모든 배역의 가장 깊은 곳까지 들어갔기 때문에, 그는 수많은 인생들이 그의 내면에 살고 있다는 느낌을 받았다. 하지만 그것이 곧 인생의 풍요로움은 아니라는 것을 그는 알고 있었다. 인생은 아주 복잡하고 난해하면서도 한편으로는 배신감을 느낄 만큼 단순한 것이기도 했다.

히스 레저는 스물아홉 번째 생일이 지난 어느 날 밤, 맨해튼에 위치한 자신의 아파트에서 의사의 처방에 따라 몇 개의 알약을 삼켰다. 진통제와 수면제 그리고 약간의 항불안제가 섞여 있었다. 식도를 넘어가는 알약을 하나하나 느끼면서, 그는 문득 자신의 인생이 언제든 끝날 수 있다는 생각이 들었다. 그것은 누구에게나 동일한 조건이기 때문에 우리에게 기묘한 평화를 준다…… 고 그는 또 생각했다. 그는 조금 웃었다.

drugs, and he wasn't plagued with scandals. Just like many other people, he fell in love, had a child, and experienced a breakup. People said he looked rugged, fresh, and full of the breeze from the Pacific Ocean. He was the homosexual character Ennis in the movie *Brokeback Mountain*, the singer Bob Dylan in *I'm Not There* and the evil Joker in *Dark Knight*. Because he delved into the deepest parts of all the characters he played, he felt as if the lives of many different people were playing out inside him. But he knew that it was not enriching his life. Life is so complicated and convoluted, yet it is so simple that you almost feel betrayed.

One night after his 29th birthday, at his apartment in Manhattan, Heath Ledger swallowed some of the pills that his doctor had prescribed for him. They were a combination of painkillers, sleeping pills, and anti-anxiety pills. Feeling them slide down his throat, he suddenly thought that his life could end at any point. *That applies to everyone, and so it gives us an eerie sense of peace,* he thought and let out a small chuckle.

*

Sitting on the dark and dim stairs in a back alley in Itaewon, Alex mumbled softly in a low voice. It

*

이태원 뒷골목의 어두침침한 계단에 앉은 채 알렉스는 나지막하게 중얼거렸다. 내 오른팔에 있는 문신 올드 맨 리버는 그저 노래가 아니라네. 거기에는 몇 가지 뜻이 있지…… 로 시작해서, 나는 작은 보트를 타고 노를 저어 올드 맨 리버를 흘러가네…… 로 끝나는 문장이었다. 별다른 뜻은 없었다. 알에게는 생각이 많아질 때마다 중얼거리는 버릇이 있고, 요즘 입에 붙은 혼잣말이 우연히 그것이었을 뿐이다. 그에게 혼잣말을 하는 것은 이 세상에 자신이 고독하게 존재하고 있다는 것을 확인하는 가장 손쉬운 방법이었다. 죽은 사람들은 언제든 영화처럼 돌려볼 수 있어서 좋다…… 고, 알은 또 엉뚱한 말을 중얼거렸다. 생각이 먼저 있어서 말로 나오는 것이 아니라, 말이 나온 뒤에 생각이 만들어지는 것 같았다. 그는 생맥줏집의 스태프용 유니폼을 입고 있었고, 입에는 한국산 담배를 물고 있었다.

알렉스는 이태원의 밤하늘을 향해 연기를 내뿜었다. 동시에 낚싯대를 던지듯 허공을 향해 팔을 크게 휘둘렀다. 그의 몸이 만들 수 있는 가장 크고 활기찬 원이 잠시 허공에 새겨졌다가 사라졌다. 고요하고 평화로운 강물

was a long quote that began with "The 'Old Man River' tattoo on my arm is not just a song title, but it's got a few meanings..." and ended with "And so I feel like I am an old man river, paddling on a little rowboat." It didn't mean anything, really. Al had a habit of mumbling to himself when he had a lot to think about, and those happened to be the sentences that had stuck with him recently. Talking to himself was the easiest way for Al to confirm that he was a solitary existence in this world.

We can always look back on the lives of dead people as if we were watching a movie, Al muttered. Another strange sentence. Instead of thoughts turning into words, it seemed as if thoughts were forming after the words were spoken. He was wearing a uniform, standard for all employees of the specialty beer pub, and held a Korean brand cigarette between his lips.

Alex breathed out smoke into the night sky of Itaewon. At the same time, he swung his arms in a circle as if he was casting a fishing rod. The largest and most vibrant circle that Al could make was etched into the air for a second before it vanished. As if he were waiting for the fishing bobber to go down, Al crouched again, watching the quiet and

을 바라보며 찌가 움직이기를 기다리는 사람처럼, 알은 다시 몸을 웅크렸다. 그리고 내 오른팔에 있는 문신 올드 맨 리버는 그저 노래가 아니라네. 거기에는 몇 가지 뜻이 있지…… 로 시작해서, 나는 작은 보트를 타고 노를 저어 올드 맨 리버를 흘러가네…… 로 끝나는 문장을 읊조렸다. 골목 밖의 거리에는 한국인들과 외국인들이 뒤섞여 흘러가고 있었다. 그들은 취객이거나 관광객이었고, 취객이면서 관광객이기도 했다. 그들 너머로 해밀튼 호텔이라고 쓰인 백색 네온이 환하게 빛나고 있었다.

얼마 전에 스물네 살이 되었으며 미국 지방 소도시의 대학을 중퇴한 알이 이태원에 짐을 푼 것은 한 달 전이었다. 그는 거리의 모든 사람들이 자신과 비슷하게 생겼다는 사실을 어떻게 받아들여야 할지 다소 난감했다. 뉴욕의 코리아타운에 갔을 때도 경험하지 못한 느낌이었다. 하지만 알은 자신이 그렇게 예민한 사람은 아니라고 믿고 있었으며, 그런 난감함을 심각하게 여기는 유형은 아니라고 생각했다. 실제로 알은 피부색과 생김새가 비슷한 사람들이 넘치는 거리 풍경에 곧 적응했다. 도시의 거리에는 도시의 거리를 걸어 다니는 사람들의 수만큼 많은 과거들이 흘러 다니는 것이다……

serene surface of the river. Then he muttered the quote that began with "The 'Old Man River' tattoo on my arm is not just a song title, but it's got a few meanings..." and ended with "And so I feel like I am an old man river, paddling on a little rowboat." In the streets outside of the alley, Koreans and foreigners mingled and flowed by. They were either drunks or tourists, or drunks who were tourists. Beyond them, a white neon sign "Hamilton Hotel" shone brightly.

Al, who had just turned 24, and dropped out of a college in a small American city, had unpacked his luggage in Itaewon a month ago. He felt helpless about the fact that all the people in the streets looked more or less like himself. He hadn't felt like this even when he'd visited Koreatown in New York City. But Al believed that he wasn't such a sensitive person, or the type to consider such helplessness seriously. Indeed, Al soon got used to the streets full of people whose skin color and appearance were very similar to his.

In the streets of a city, as many pasts as the number of people who walk those streets in the city flow by...Al mumbled. He didn't contemplate the meaning of that sentence.

라고 알은 중얼거렸다. 알은 그 말의 의미를 깊이 생각하지는 않았다.

알이 한국에 와서 처음 한 일은 텔레비전 방송국에 자신이 도착했음을 알린 것이었다. 미국에서 이미 출연을 결정하고 왔기 때문에 모든 것은 순조롭게 진행되었다. 머나먼 타국에 입양되었다가 성장한 뒤 부모를 찾아온 이들을 소개하는 프로그램이라고 했다. 알은 월세 400달러를 내고 이태원 뒷골목의 민박집에 자리를 잡았다. 낮에는 정처 없이 서울의 거리를 돌아다녔으며, 밤에는 숙소 근처의 한 탭하우스에서 일하기 시작했다. 영어 전용으로 운영하는 수제 생맥줏집이었기 때문에, 그는 어렵지 않게 일을 얻고 어렵지 않게 일을 익힐 수 있었다. 쉬는 시간에 뒷골목에 나가 담배를 피우면서 그는, 이 세상에 자신이 완전히 혼자라는 사실과, 자신과 비슷하게 생긴 사람들이 거리에 흘러넘친다는 사실의 관계에 대해 생각했다.

한국의 어떤 영어학원은 학위가 없어도 강사로 일할 수 있다고 탭하우스 사장은 말했다. 원한다면 자신이 학원을 소개해주겠다고 덧붙이기도 했다. 키가 작고 머리가 정수리까지 벗어졌으며 막 50대가 된 사장은 직원들을 붙들고 많은 말을 했다. 이렇게라도 떠들어야

The first thing Al did when he arrived in Korea was to contact a TV station. He had already decided to appear on the TV show before he left the United States, so everything went smoothly. It was a show that featured people who had been adopted and gone to faraway countries and had returned to Korea to find their birth parents. Al unpacked his bags in an inn in a back alley in Itaewon for $400 a month. By day, he roamed the streets of Seoul without a destination, and by night he worked at a pub near the inn. It was an English-speaking pub, and so it hadn't been hard for Al to find the work and learn what to do. As he took a smoke break in the back alley, he thought about the relationship between the fact that he was now completely alone in this world and the fact that the streets were overflowing with people who looked like him.

The owner of the pub told Al that some English cram schools in Korea hired teachers who didn't have a college degree. He also added that he could introduce him to one if Al wanted. The owner of the pub was a short and balding man who had just stepped into his 50s, and he talked endlessly to his employees.

If I don't, then I'll forget how to speak English,

영어를 까먹지 않으니까. 사장은 크게 웃음을 터뜨리며 말했다. 그는 자기 인생을 시기별로 나누어 설명하기를 좋아했는데, 알을 포함한 스태프들은 홀 정리를 하면서 그의 인생을 간주곡까지 포함해서 감상해야 했다. 밤무대 가수였던 아버지를 따라 미군부대에 드나들던 유년 시절의 이야기는, 그 아버지를 따라 LST 808함을 타고 베트남에 가서 위문공연을 구경하던 소년 시절의 이야기로 이어졌으며, '나성'(로스앤젤레스를 이렇게 불렀다고 했다)을 거쳐 드디어 뉴욕에 진입해 영문학을 공부하던 시절에 닿았다. 윌리엄 포크너의 문장에 질려서 중도에 학업을 포기한 뒤 뉴욕 53번가에 공동투자로 재패니즈 레스토랑을 개업했다가 참담한 실패를 맛보았던 경험은 물론 하이라이트가 아니었다. 빈손으로 귀국하여 천신만고 끝에 이태원에 미국식 탭하우스를 열었고, 이번에는 보기 좋게 성공했다는 것이야말로 클라이맥스였다. 말하자면 사장은 지금 인생의 절정기를 살아가고 있는 셈이었다. 강한 바람과 물결에 몸을 싣고 가장 현대적인 자세로 파도를 타는 것. 사장은 자신의 인생이 바로 그런 종류의 것이었으며, 언젠가는 자기가 거쳐온 모험적 삶에 대한 자서전을 쓸 수도 있을 것이라고 말했다. 고민되는 건 그 자서전을 영어로 쓸지 한국어로

the owner had said with a burst of laughter.

He liked to tell people about his life in stages, and the pub staff, including Al, was subjected to the story of his life, including the intermezzos. The part about his childhood when he used to hang out at a U.S. army base because of his father who sang at nightclubs led to the story about his adolescence, when he followed his father to Vietnam on the LST 808 and watched him entertain the troops, and moved on to the time when he went to Naseong (which he said was what Koreans called Los Angeles back in the days), and then finally to New York, where he studied English literature. The part about him dropping out of school because he got sick and tired of William Faulkner, and opening a Japanese restaurant with a friend on 53rd Street, only to taste bitter failure, was certainly not the highlight of his story. It reached the climax with him successfully opening an American pub in Itaewon, after returning to Korea completely empty-handed and going through a great struggle. In other words, he was currently enjoying the best years of his life, and riding the wave in the most fashionable way possible with strong winds behind his back. The pub owner said that pretty much summed up his

쓸지 모르겠다는 점이다—라고 덧붙이면서 사장은 호탕한 웃음을 터뜨렸다.

알은 한국어를 배우려고 한 적이 없으며 앞으로도 배울 계획이 없었다. 단 한 번 그 생각이 흔들린 적이 있었는데, 탭하우스에 작은 소동이 일어났을 때였다. 혼자 맥주를 마시던 중년 남자 하나가 울음을 터뜨린 사건이었다. 회색 점퍼 차림에 키가 작은 50대 남자가 들어와 엉거주춤 바에 자리를 잡더니, 두 시간 동안이나 꼼짝도 하지 않고 맥주를 마셨다. 거기까지는 드문 일이라고 할 수 없었다. 서빙을 하던 알의 시선이 그의 눈과 마주쳤고, 알은 평소처럼 주문을 받기 위해 그에게 다가갔다. 하지만 이미 술에 취한 남자는 알의 얼굴을 물끄러미 바라보다가 뭐라 뭐라 한국어로 말하기 시작했다. 알이 아는 한국어는 감사합니다, 죄송합니다, 맥주, 안주, 여보세요 등이 전부였는데, 남자는 그 단어들을 쓰지 않았다. 알이 영어로 말할 것을 청했지만 남자는 계속 한국어로 중얼거렸다. 뭔가를 설명하는 것 같기도 했고, 한탄하는 것 같기도 했으며, 애원하는 것 같기도 했다. 그러다 문득 눈물을 흘리기 시작하더니 급기야 울음을 터뜨렸던 것이다. 알은 그 앞에 멍하니 서 있을 수밖에 없었다.

life and added that he might one day even write an autobiography about his adventurous life.

The only problem, he said, is that I don't know whether I should write it in English or Korean. Then he burst into another hearty laugh.

Al never tried to learn Korean, and he didn't plan on learning it. He had thought about it once before, after a small incident at the pub involving a middle-aged Korean man who had been drinking alone suddenly bursting into tears. A short man in his 50s and clad in a grey jacket had walked into the pub. He sat down hesitantly at the bar, and for two hours he sat and drank beer. That wasn't unusual. Al was serving that night, and when the man caught his eye, Al went to him to take his order. But the man, who was already drunk, merely stared at Al and began to speak in Korean. Al's Korean was limited to "thank you," "I'm sorry," "beer," "snacks," and "hello," but none of these words came out of the man's mouth. Al asked him to speak in English, but he kept on talking in Korean. It seemed as if he was explaining something, or lamenting, or pleading. Then all of a sudden, tears began to fill his eyes, and he finally burst into sobs. All Al could do was to stand in front of him.

한국어를 더듬더듬 할 줄 아는 흑인 바텐더가 황급히 나와 상황을 수습하려 했지만 남자는 울음을 그치지 않았다. 울음은 거의 통곡에 가까워졌다. 뒤늦게 달려온 사장이 건장한 스태프들을 동원해 남자를 밖으로 끌고 나간 뒤에야 탭하우스는 차분한 분위기를 회복할 수 있었다. 알은 매우 당황해서, 자신이 한국말을 알아듣지 못했기 때문에 손님이 울음을 터뜨린 것인지 바텐더에게 물었다. 바텐더는 웃으면서 고개를 저었다. 아마도 아주 슬픈 일이 있었겠지. 이제 막 인생이 끝나도 괜찮을 만큼. 바텐더는 그렇게 말했다. 알은 고개를 끄덕이면서 중얼거렸다. 하지만 그렇게 슬플 때 사람들은 일반적으로 맥주를 마시러 오지 않는데…….

알은 그 후 몇 마디의 한국어를 익혔다. 문법이 지나치게 어려웠기 때문에, 필요하다고 생각되는 몇 개의 문장과 단어만을 외우기로 했다. 무엇을 도와드릴까요…… 울지 마세요…… 그렇지 않습니다…….

퇴근 뒤에 알은 어둠이 깔린 이태원의 밤거리를 오래 걸었다. 서울의 밤하늘은 화려하고 소란스러웠다. 별 몇 개가 네온들 사이에서 반짝이기는 했지만, 그것은 단지 지금이 밤이라는 것을 표시하기 위해 거기 있는 것처럼 보였다. 알은 시더래피즈의 밤하늘이 그립다고

The black bartender who could stammer out sentences in Korean hurried to straighten out the situation, but the man didn't stop crying. His sobs turned into wails. Only after the owner rushed in and dragged the man out with a few burly employees, did the pub become calm again. Confused about the whole situation, Al asked the bartender if the man had begun to cry because Al couldn't understand Korean. The bartender smiled and shook his head.

He probably had something very sad happen to him, said the bartender. So sad that it would have been okay for his life to end.

Al nodded, but muttered under his breath, But when people are that sad, they don't usually come to drink beer...

After that incident, Al learned a few sentences in Korean. Korean grammar was extremely difficult for him, so he decided to memorize a few sentences and words that he thought were necessary. How may I help you? Please don't cry. That's not it...

After he got off work, Al walked through the darkened streets of Itaewon for a long time. The night sky in Seoul was dazzling and boisterous. A

생각하지는 않았다. 오래된 나무 창틀이 있는 집과 니콜라와 마시던 맥주 맛이 떠올랐지만, 그 기억은 아주 잠깐 그의 혀와 몸을 지나갔을 뿐이었다. 알은 이 낯선 세계에 도착해서 혼자 담배를 피우고 있는 자신의 인생에 별다른 불만이 없었다. 그는 이것이 아주 오래전에 지나간 다른 인생인 것처럼 느껴졌다.

이태원으로 오기 전에 알은 북미 중부의 소도시 시더래피즈에 살았다. 시내를 통과하는 시더강이 거꾸로 흘러도 아무도 모를 만큼 조용한 도시였다. 도시 외곽의 낡은 2층짜리 집에서 니콜라와 함께 오래 살아왔기 때문에, 알은 둘 외에는 아무도 없는 삶에 익숙했다. 니콜라는 항공사 승무원이라는 직업 탓에 자주 집을 비웠고, 알은 집 바깥에 펼쳐져 있는 옥수수밭 풍경만큼이나 혼자라는 것에 익숙했다.

니콜라는 한국에서 알을 입양했을 때부터 그를 알렉스가 아니라 알이라고 불렀다. 류라거나 창수라는 한국식 이름은 사용하지 않았다. 이름은 알렉스지만 알이라고 불러—알은 언제나 그렇게 자신을 소개했다. 이름이란, 아무렇게나 흐르지 않도록 사람을 붙들어두는 작은 닻 같은 것이라고 그는 생각했다.

few stars could be seen between neon signs, but they only seemed to be there to mark the night. Al didn't think that he missed the night sky in Cedar Rapids, Iowa. He thought of the house with old wooden window frames and the taste of beer he had drunk with Nikola, but these memories only fleeted by his tongue and body. Al had no complaints about his life, settling down in this strange land and smoking a cigarette all by himself now. He actually felt as if this was a life he had led in another lifetime.

Before coming to Itaewon, Al had lived in a small city in the central United States called Cedar Rapids. It was a quiet town where no one would even notice if the Cedar River, which flowed through the town, were to flow upstream. Because he lived with his father Nikola in an old two-story house on the outskirts of the town, Al was used to a living with just the two of them. Nikola was a flight attendant, so he wasn't home often, and Al was used to being as alone as the cornfields that stretched into the distance outside the house.

Ever since they had adopted Al from Korea, Nikola called him Al instead of Alex. He didn't call

알은 니콜라를 그냥 니콜라라고 불렀다. 언젠가부터 그는 파파나 파더 같은 호칭을 쓰지 않았지만, 알에게도 니콜라에게도 그건 별 문제가 아니었다. 알이 술을 마실 수 있는 나이가 되었을 때, 멋진 백발을 가진 니콜라는 간혹 알과 마주 앉아 맥주를 마셨다. 니콜라는 귀가 때 집 근처 유기농 상점에서 에일맥주를 사 오곤 했는데, 저녁에 알이 1층으로 내려오면 좁은 식탁에서는 니콜라가 혼자 맥주를 마시고 있었고, 알은 말없이 제 잔을 가져와 맥주를 따르곤 했다.

그런 저녁에 니콜라는 숫자 나열하기를 좋아했다. 지구 상에서 하루에 태어나는 인간은 30만여 명이고, 사망하는 인간은 17만 명 남짓이지. 오늘 30만 명이 태어나고 17만 명이 죽고, 내일 또 30만 명이 태어나고 17만 명이 죽고, 모레 다시 30만 명이 태어나고 17만 명이 죽는 거야. 우리는 매일 그 사이의 13만 명 중 하나로 살아가는 셈이지. 니콜라의 산수는 어딘지 이상했지만, 알은 하릴없이 고개를 끄덕이고는 했다. 태어나자마자 하루를 넘기지 못하고 죽는 아기의 수가 연간 100만 명이라는군. 우리는 그 100만 명에 속하지 않았기 때문에 이렇게 맥주를 마실 수 있는 거야. 니콜라는 그렇게 덧붙이며 맥주를 권했다.

him by his Korean name, Ryu Chang-su. My name is Alex, but call me Al. That was how Al introduced himself all the time.

A name is like a small anchor that keeps people from straying and flowing away without direction, Al thought.

Al called Nikola by name. At a certain point, he had stopped calling him dad or father. Neither of them cared if he did or not. When Al had grown old enough to drink, Nikola sometimes sat down and drank beer with him. Nikola had lustrous white hair. He used to stop by an organic market on the way home and buy bottles of ale. In the evenings, Al walked down to the first floor and found Nikola sitting at the small dining table, drinking beer alone. At those times, Al quietly got out his glass and poured beer into it. In those evenings, Nikola liked to talk about numbers and figures.

About 300,000 people are born every day to this world, and about 170,000 die every day, Nikola said. So 300,000 people are born and 170,000 people died today, and tomorrow, 300,000 people will be born and 170,000 die, and day after tomorrow, 300,000 will be born and 170,000 die. So every day, we live as one of those 130,000 in-between.

Nikola's calculations were somewhat strange, but

니콜라가 숫자를 입에 올리지 않는 것은 메릴에 대해 이야기할 때뿐이었다. 메릴은 알을 입양하고 얼마 뒤에 사망한 니콜라의 아내였다. 내 삶에는 나 자신도 설명할 수 없는 신비로운 사건이 세 가지나 있었지. 그 가운데 하나는 메릴을 사랑한 것이며, 다른 하나는 메릴과 결혼한 것이며, 마지막은 메릴을 잃은 것이란다. 니콜라는 취기가 돌면 그런 농담을 던지고는 옥수수밭이 펼쳐져 있는 창밖을 바라보곤 했다. 그럴 때 웃음은 잔상만을 남기고 금방 니콜라의 얼굴에서 사라졌다.

알에게는 물론 메릴에 대한 기억이 없었다. 어쩌면 마마라고 부를 수도 있었던 여자의 과거와 죽음에 대해서 그가 특별한 감정을 가진 것은 아니었다. 다만 니콜라의 기억 속에 잠겨 있는 그녀의 이야기를 들을 때마다 이유를 알 수 없는 위안을 얻고는 했다. 그것이 누군가 지상에 존재했었다는 단순한 사실 때문인지, 아니면 니콜라라는 한 남자가 메릴이라는 한 여자를 깊이 추억하고 있다는 사실 때문인지는 확실치 않았다. 어쩌면 그저 죽은 이의 과거만이 줄 수 있는 적요함 때문인지도 몰랐다.

메릴은 버마(공식적으로는 미얀마라고 부르지만, 메릴은 버마라고 불렀다고 한다)의 인권 상황에 대한 조사 업무를

Al used to sit and nod anyway.

They say about a million babies do not live to see a second day annually, Nikola added. We can drink beer like this because we were not two of that million. Then he offered Al another bottle of beer.

The only time Nikola didn't talk about numbers was when he talked about Meryl. Meryl was Nikola's wife, who had passed away soon after they adopted Al.

There were three magical and inexplicable events that happened in my life, Nikola said. The first was falling in love with Meryl, the second was marrying her, and the third was losing her.

When he got tipsy, Nikola would jokingly say something like that and look out the window where the cornfields stretched. At those times, the smile quickly left Nikola's face, leaving only a trace.

Al had no memory of Meryl. He didn't have any particular feeling about the life and death of a woman he might have gotten to call mom. Yet whenever he heard stories about her, steeped in Nikola's memories, he felt a mysterious sense of relief. He wasn't sure if it was because of the simple fact that someone had existed on this earth or because a man named Nikola deeply cherished the

진행하다가 경비행기 사고로 사망했다. 니콜라는 말했다. 랑군으로 향하던 경비행기가 추락할 때 메릴이 바라보던 것은 무엇이었을까. 그때 나는 미시시피강에 낚싯대를 드리워두고 흔들의자에 누워 강 저편의 하늘을 바라보고 있었지. 나는 강 너머의 허공에서 아무것도 느끼지 못했다. 허공이란 것은 다른 허공에는 아무것도 알려주지 않는 법이니까.

니콜라의 말투에 약간의 슬픔이 배어 있긴 했지만, 그것은 이미 익숙해져서 몸의 일부가 되었다고 해도 좋은 감정이었다. 그런 감정은 체온에 가까워서 아무리 반복해도 더 뜨거워지거나 차가워지지 않는다는 것을 알은 알고 있었다. 그래서 알은 니콜라의 이야기에 귀 기울이면서도 라디오에서 흘러나오는 지미 로저스의 노래가 참 좋다고 생각할 수 있었다. 그럴 때면 낡은 나무 창틀은 조금 열려 있게 마련이었고, 저녁의 낮은 공기와 가로등 불빛이 창틈으로 흘러들었다. 그런 저녁에 시더강은 아무도 모르게 거꾸로 흘러갈 것이고, 알은 시더래피즈에서 그 사실을 아는 것은 자기뿐이라고 생각했다. 니콜라의 머리카락은 실내에서도 부드럽게 흔들렸다.

니콜라의 흰 머리칼을 볼 때마다 알은 비행기에서 일

memory of a woman named Meryl. Or maybe it was because of the desolateness that only the memories of the dead can bring.

Meryl was killed in a plane crash on a trip to research human rights in Burma (the official name of the country was "Myanmar," but apparently Meryl called it by its former name, Burma).

I wonder what Meryl was looking at as she was going down in that plane, said Nikola. I was lying back on a rocking chair with a fishing rod cast into the Mississippi River, looking at the sky on the other side of the river. And I didn't feel anything from the empty space across the river because empty spaces don't communicate with other empty spaces.

A bit of sadness was seeping into the way Nikola spoke, but it was an emotion that had become so familiar that it almost became part of him. Al knew that such emotions were about the same temperature as your body no matter how many times they recurred; these emotions didn't get hotter or colder. So Al was able to listen to Nikola's story and at the same time think about how great the Jimmy Rogers song on the radio was. In those days, the old window frame would be ajar, and the low evening air as well as the light from lampposts would

하는 그의 모습을 떠올렸다. 몇 해 전 남부여행을 다녀 오는 길에 알은 디트로이트 공항에서 니콜라가 탑승한 비행기를 탄 적이 있다. 니콜라는 베테랑 승무원이었고, 알은 기내의 많은 승객들과 마찬가지로 젊은 대학생이었다. 니콜라의 중형 비행기는 디트로이트에서 시더래피즈로 날아오거나, 시더래피즈에서 디트로이트로 날아가거나 했다.

그때 니콜라는 승객석 쪽을 향해 서 있었다. 중후한 백발에 큰 키, 나이에 비해 균형 잡힌 몸매, 그리고 항공사의 로고가 찍힌 검은색 제복 차림이었다. 그는 유럽의 매력적인 노신사처럼 보였지만, 절도 있는 동작으로 두 손을 들어 제 입을 막는 시늉을 했다. 이어서 승객석 위의 짐칸을 가리킨 후, 손을 뻗어 산소마스크를 꺼냈다. 산소마스크에 붙어 있는 고무줄을 두 손으로 팽팽하게 당기고는, 줄을 뒤통수로 넘겨 마스크를 쓰는 동작을 하다가, 니콜라는 잠시 균형을 잃었다. 난기류를 지나느라 비행기가 조금 흔들렸기 때문이다. 그 모습을 물끄러미 바라보던 이들 중 몇몇이 미소를 지었지만, 대부분의 승객들은 니콜라에게 관심을 두고 있지 않았다. 그들은 눈을 감고 있거나 책을 읽거나 했다. 니콜라는 아랑곳없이 구명재킷 입는 모습을 시연했다. 팔을

seep in through the gap. On those evenings, the Cedar River would change direction surreptitiously, and Al believed he was the only one in Cedar Rapids who knew that. Nikola's hair fluttered softly even inside.

Every time Al looked at Nikola's white hair, he thought about Nikola working on a plane. A few years ago, Al had gotten on the plane in Detroit that Nikola was working on, on his way home after a trip to the South. Nikola was an experienced flight attendant, and Al had been a young college student like many of the passengers on that flight. The medium-sized plane that Nikola worked on shuttled between Detroit and Cedar Rapids.

Nikola had been standing in the aisle, facing the passengers. Tall, well-toned for his age, with dignified white hair, he was clad in a black uniform imprinted with the logo of the airline. Although he looked like an attractive old European gentleman, he covered his mouth with his hands in a few restrained motions as part of in-flight demonstration. Then he pointed to the luggage compartments above the seats and took out an oxygen mask. He pulled taut on the elastic band attached to the oxy-

들어 왼쪽의 비상구를 가리키고, 두 팔을 앞으로 쭉 뻗어 비행기 뒤쪽의 비상구를 가리켰다. 비상시의 탈출구가 그곳에 있다는 뜻이었다.

시범을 마친 니콜라는 출구 쪽의 접이식 의자에 앉았다. 겨우 엉덩이만 걸칠 수 있는 의자였는데, 허리를 곧게 펴고 앉은 니콜라의 얼굴에는 별다른 변화가 없었다. 인생의 대부분이 실은 반복적이며 기계적인 동작으로 이루어져 있다는 것을 알고 있는 사람의 얼굴, 혹은 아주 오래전부터 그런 표정을 하고 있었기 때문에 다른 표정에 대해서는 알지 못하는 사람의 얼굴 같았다.

앞쪽 자리에 앉은 알은 비행하는 내내 니콜라의 얼굴을 마주 볼 수 있었다. 창밖의 구름을 바라보는 니콜라의 옆모습에는 품위 있는 주름이 새겨져 있었다. 저 얼굴에도 젊은 시절이 있었을까. 그런 의문이 들어도 이상하지 않을 만큼, 니콜라의 얼굴은 어떤 과거와도 연결되지 않는 것처럼 보였다.

물론 니콜라에게도 젊은 시절이 있었다. 그때가 젊은 시절이었기 때문에 특별히 좋았다거나 한 것은 아니라고 니콜라는 말하곤 했다. 그는 인생의 기쁨이나 괴로움에는 총량이 정해져 있어서, 젊은 시절이든 어린 시절이든 혹은 노년이든, 누구나 주어진 분량을 소비하면

gen mask and was slipping the band over his head to wear the mask when he lost his balance for a moment. The plane had wavered a little as it passed through turbulence. The few people who had been watching Nikola smiled, but most of the passengers were not paying attention to him at all. They were either sleeping or reading a book. Without blinking an eye, Nikola demonstrated putting on the life vest. Then he stretched out his arms and pointed to the emergency exit on the left and then to the back of the plane to another emergency exit. It meant that there were emergency exits in those directions.

After the demonstration, Nikola sat on the folding seat near the exit. It was barely large enough for him to fit his buttocks, but Nikola sat with his back straightened and showed no change in his expression. His face looked like that of someone who knew that most of a person's life is in fact made up of repetitive and mechanical movements, or that of a person who didn't know how to put on other expressions because he's had that one on his face for such a long time.

Al sat in one of the front seats, and he was able to watch Nikola's face during the flight. Dignified

서 살아갈 뿐이라고 믿는 사람이었다.

니콜라는 미국에서 태어났지만 아버지 쪽은 마케도니아 출신이었다. 알은 마케도니아가 어떤 곳인지 전혀 알지 못했지만, 고대 그리스풍의 이름이 마음에 들었다. 마케도니아가 실제로 고대 그리스의 도시국가 중 하나였으며 지금도 그리스의 인접지역이라는 건 나중에 알았다. 내 이름을 잘 음미해보렴. 니콜라는 말했다. 마케도니아에서는 키릴문자를 쓴단다. 현재 전 세계의 언어는 6천 8백 개 정도인데, 그 가운데 키릴문자를 쓰는 언어가 30여 개지. 키릴문자에는 이상한 매력이 있다. 설명하기는 어렵지만 거기에는 라틴문자에는 없는 리듬이 있어. 나머지 6천 7백 7십 개에는 없는 리듬이 말이야.

키릴문자는 전혀 읽어낼 수 없었지만, 거기에는 정말 영어에는 없는 무언가가 있는 것처럼 느껴졌다. 니콜라…… 니콜라…… 하고 중얼거리기를 알은 좋아했다. 마치 차분하면서도 경쾌하게 비가 내리는 봄날의 정원 같은 느낌을 주었기 때문이다. 정원 저편으로는 지중해가 파랗게 펼쳐져 있을 것 같았다. 그 끝에는 바다와 하늘이 만나 수평선을 이루고 있을 것 같았다. 나중에 알게 된 것이지만, 마케도니아에는 어느 쪽으로 가도 바

wrinkles decorated Nikola's profile, as he stared at the clouds through the window. Has that face ever been young? That question seemed valid because Nikola's face looked as if it was unattached to any past.

Of course Nikola had been young. He used to say that his youthful days weren't particularly better because of his youth. He was a person who believed that there was a set amount of joy and sorrow you experience in life, so whether in adolescence, youth, or old age, people live on, spending their allotted amount of joy or sorrow.

Nikola was born in the United Sates, but his father was from Macedonia. Al didn't know Macedonia at all, but he liked the ancient Greek sound of the name. He only found out later that Macedonia had been one of the ancient Greek city-states and was still located near Greece.

Don't just think about my name, but savor it, Nikola said to him. In Macedonia, they use the Cyrillic alphabet. Currently, there are about 6,800 languages in the world. And among them, about 30 languages use the Cyrillic script. It has a very strange charm to it. I can't explain it, but there is a rhythm in the Cyrillic alphabet that's not in the Latin

다가 없었다.

니콜라의 부모는 둘 다 미국에서 태어났으며, 모친은 물론이고 부친도 마케도니아에는 가보지 못했다고 한다. 니콜라의 부모는 서로 동갑이었고, 유쾌한 사람들이었으며, 히피였다. 그들은 열일곱 살이 되던 해에 니콜라를 낳았는데, 각각 배관공과 월마트 점원으로 일하던 두 사람은 니콜라가 중학교를 졸업하자마자 옥수수밭이 보이는 시더래피즈의 집에 그를 남기고 떠났다. 어디로? 니콜라는 알 수 없었다. 니콜라가 학교에서 돌아왔을 때 집은 텅 비어 있었다. 1966년의 일이었다. 니콜라의 부모는 그 후 오랫동안 집으로 돌아오지 않았다. 여행하는 것과 노래하는 것과 사랑하는 것 외에는 아무 것에도 관심이 없는 사람들이었지. 니콜라는 그렇게 말했다.

니콜라의 부모는 젊은 친구들을 따라 향기로운 담배를 피웠고, 벌거벗은 청춘들과 텐트 안에서 섹스를 했으며, 베델의 농장에서 록밴드가 노래를 부르는 무대를 바라보았다고 한다. 그들은 그들 자신이 서른을 넘겼으면서도 '30대 이상은 믿지 말라'고 외쳤다. 그들의 삶은 부랑에 가까운 것이었다. 샌프란시스코에 머물기도 했지만 세상의 모든 곳이 그들의 경유지라고 해도 좋았

script. A rhythm that's not in the rest of the 6,770 languages, you see.

Al couldn't read the Cyrillic alphabet at all, but it felt like there was something there that was not in English.

Nikola...Nikola...Al liked to murmur his name. It sounded like a garden in the spring when it rained calmly yet rhythmically, and it felt as if the blue Mediterranean Sea would be stretched out on the other side of the garden. And then, all the way at the end, the sky and the sea would meet at the horizon. Al only found out later that Macedonia was a landlocked country.

Both of Nikola's parents were born in the United States, and neither his mother nor his father had been to Macedonia. Nikola's parents were the same age. They were carefree people, and they were hippies. The year they'd turned 17, they had Nikola. They were a plumber and a cashier at Walmart. And as soon as Nikola graduated from middle school, they left him behind in the house at Cedar Rapids where the cornfields stretched for miles and miles. Where did they go? Nikola had no idea. When he had gotten back from school, the house was empty. That was in 1966. Nikola's parents didn't

다. 산타나에는 잠시 머물렀고, 뉴올리언스에서는 오래 시간을 보냈으며, 뉴욕이나 워싱턴에는 가지 않았다. 놀랍게도 그들은 유럽까지 가서 집시들과 함께 시간을 보내기도 했다. 영국의 닐스야드를 방문했고, 프랑스와 이탈리아를 거쳐 루마니아에까지 흘러갔다. 어쩐 일인지 마케도니아에는 가지 않았는데, 대신 그들은 소련을 여행했다. 비록 열광적으로 찬양할 수는 없었지만, 소련 사람들의 인생은 그들의 마음에 깊은 인상을 남겼다. 어딘지 거칠고 성실하며 단순한 인생인 것처럼 느껴졌다는 것이다. 그런 사연들을 담은 편지가 정기적으로 니콜라에게 도착한 것은 1960년대의 막바지였다.

당시에는 철의 장막 때문에 소련을 여행하기 어려웠을 텐데 어떻게 된 것일까. 알의 질문에 니콜라는, 아마도 키릴문자를 쓰는 이들이었으니까 가능하지 않았을까? 키릴문자는 러시아의 문자이기도 하니까 말이야—라고 대답했다. 소련의 히피들? 히피들의 소비에트? 그렇게 말하면서 니콜라는 웃음을 터뜨렸다. 니콜라답지 않게 아주 냉소적이고 적대적인 웃음이었기 때문에, 알은 그 후 오랫동안 그 표정을 잊을 수 없었다.

니콜라의 부모가 시더래피즈의 옥수수밭으로 돌아온 것은 부친 쪽이 암에 걸린 뒤였다. 니콜라는 굳이 그들

come back to that house for a very long time.

They were not interested in anything besides traveling, singing, and making love, said Nikola.

Nikola's parents had smoked fragrant tobacco with their young friends. They had sex in the tent with other naked youths. They watched a rock band concert on a farm in Bethel. Even though they were well past their 30s, they went around shouting "Don't believe people older than 30!" They lived a vagrant life. They stayed in San Francisco for a while, but everywhere on this earth was a place they could stay. They stayed in Santana for a little while. They spent a long time in New Orleans. They didn't go to New York or Washington D.C. Surprisingly, they'd even been to Europe and spent time with gypsies. They'd visited Neal's Yard in England, traveled through France and Italy, and flow into Romania. For some reason, they didn't go to Macedonia. Instead, they traveled around the Soviet Union. Although they couldn't praise the lives of the Soviets, it left a deep impression in them. They thought the Soviets lived a somewhat rough, yet earnest and simple life. Letters containing such information came regularly to Nikola towards the end of the 1960s.

을 만나려 하지 않았다. 그는 이미 옥수수밭을 떠나 디트로이트 근교에서 혼자 생활하고 있었다. 서로 다른 삶들은 서로 다른 방식으로 흘러가면 되는 것이다—니콜라는 그렇게 덧붙였다.

당연하게도 니콜라는 공화주의자가 되었다. 그는 교회에 열심히 나갔고, 자유라는 단어를 경멸했으며, 마약과 동성애와 분방한 섹스를 혐오했다. 항공기 승무원이 되기 위해 지인에게 청탁을 넣은 일을 제외한다면, 법규를 위반하지 않는 자신의 삶에 자부심을 가지고 있었다. 니콜라는 보수적인 대통령에 투표했고, 사회주의에 대해 과도한 혐오감을 표하기를 좋아했으며, 미국의 군사적 영향력이 약화되는 국제정세가 우려스럽다는 의견을 자주 표명했다.

하지만 메릴을 만난 뒤부터 니콜라는 그저 강변에 나가 낚시를 하는 것을 좋아하는 남자가 되었다. 물의 흐름을 오래 바라보는 일과 비행기를 타고 창밖의 기류를 가만히 바라보는 것은 어딘지 비슷한 데가 있다고 니콜라는 말했다. 키가 크고 잘생긴 니콜라는 로버트 레드포드의 영화 속 주인공처럼 낚싯대를 크게 휘둘러 먼 강물 쪽으로 찌를 던져 넣곤 했다.

Wouldn't it have been difficult for them to travel around the Soviet Union because of the Iron Curtain? Al asked.

Nikola replied, Maybe it was possible since they used the Cyrillic script. Russians also use the Cyrillic alphabet. Soviet hippies? Hippies Soviet? Nikola burst into laughter. Unlike his usual laugh, it was so cold and hostile that Al couldn't erase his facial expression for a very long time.

Nikola's parents returned to the cornfields in Cedar Rapids only after his father was diagnosed with cancer. Nikola didn't try to go see them. He had already left the cornfields and was living alone near Detroit.

Different lives flow in different ways, and that's just how it is, Nikola said.

Naturally, Nikola became a Republican. He went to church zealously, despised the word "freedom," and loathed drugs, homosexuality, and unrestrained sex. With the exception of a special request he made to a friend to become a flight attendant, he was proud of his independent and law-abiding lifestyle. He voted for conservative presidents. He liked to express excessive hatred toward socialism, and frequently voiced his con-

*

스물다섯 살인 리엔은 베트남 출신으로 키가 작고 눈이 컸으며 조용한 성격이었다. 알이 그녀를 만난 것은 대학 근처의 세탁소에서였는데, 리엔의 아버지가 코인 세탁소를 운영하고 있기 때문이었다. 매일 저녁 아홉 시 반이 되면 리엔은 세탁소에 나가 청소를 했다. 시더래피즈에서 꽤 떨어져 있는 대학이었기 때문에 알은 학기 중에는 기숙사에 머물렀고, 정기적으로 코인 세탁소를 이용했다. 일주일에 두 번, 밤 아홉 시 무렵이었다.

그 시간의 세탁소는 일정하게 절제된 기계음으로 가득했다. 하얀 반바지에 얇은 티셔츠를 걸친 채 커다란 물걸레로 바닥을 닦는 리엔의 모습을 알은 좋아했다. 리엔이 움직일 때면 인간이 저토록 작고 탄력 있는 생물이라는 것을 새삼 깨닫곤 했다. 우리가 살아가는 이 세계는 아마도 리엔이 청소를 하는 우주의 일부에 불과한 것이 아닐까? 알은 그렇게 중얼거렸다.

알이 그녀를 시더래피즈의 집에 데려온 것은 어느 겨울 저녁이었다. 알과 리엔이 식탁에 앉아 맥주를 마시고 있을 때, 현관에 매달린 황금빛 종이 딸랑거렸다. 니콜라는 여느 때처럼 제복 차림 그대로 집에 들어섰다.

cern that in the realm of international order American military power was gradually weakening.

But after he met Meryl, Nikola became a man who just liked to go to the river's edge and fish.

There's something similar about looking at the flowing water for a long time and watching the air current through the window on an airplane, said Nikola. Tall and handsome, like the lead in some Robert Redford film, Nikola used to swing the fishing rod and cast the bait far into the river.

*

Twenty-five-year-old Lien was Vietnamese. She was short, had big eyes, and was quiet. Al met her at a laundromat near the university he attended. Her father was its owner. Every night at 9:30, Lien came to the laundromat and cleaned it up. The university was far from Cedar Rapids, so he stayed in the dorms during the school year and did his laundry at the laundromat twice every week, around nine p.m.

The laundromat at night was full of constant and restrained mechanical sounds. Al liked watching Lien as she cleaned the floor with a huge mop, wearing a flimsy t-shirt over white shorts. When she moved, he would realize again that humans

균형 잡힌 몸매에 키가 크고 멋진 백발을 가진 노신사의 등 뒤로 언제나처럼 부드러운 빛깔의 구름 몇 개가 떠 있었다. 알은 문가로 다가가 니콜라를 맞이했다. 리엔은 식탁에 앉은 채 그 모습을 바라보았다.

그 저녁, 니콜라는 말이 없었다. 리엔 역시 말이 없었다. 알은 혼자서 많은 말을 했다. 리엔의 세탁소에 대해서, 세탁소에 늘어선 기계들에 대해서, 윙윙거리는 기계음 속에서 읽은 윌리엄 포크너의 책에 대해서, 포크너를 읽을 때면 꼭 재방송되던 텔레비전 개그 프로그램에 대해서 말했다. 알은 윌리엄 포크너와 개그 프로그램이 기묘한 조화를 이루는 곳이 바로 세탁소라고 농담을 던지기도 했다. 분위기를 부드럽게 만들려는 것이었지만, 리엔과 니콜라는 작은 미소를 지었을 뿐 별다른 대꾸를 하지 않았다.

알은 평소와는 달리 자신이 조금은 들떠 있다고 느꼈다. 좀처럼 열리지 않던 그의 입에서 긴 이야기가 흘러나왔다. 리엔이 청소하러 오는 밤 아홉 시 반과 그 시간의 코인 세탁소에 대해 알은 장황하게 이야기했다. 코인 세탁소라는 곳은 하나의 우주같아. 이 세상이 코인 세탁소의 일부가 아닐까 그런 착각이 들 정도라니까. 문을 열고 들어가면 모든 이들이 똑같은 자세로 똑같은

were small and supple organisms.

Maybe this world that we are living in is just a part of the universe that Lien's cleaning up, Al mumbled.

On one winter night, Al brought her home to Cedar Rapids. Al and Lien had been sitting at the table drinking beer when the golden door bell rang. As always, Nikola stepped into the house in his uniform. And, as usual, soft-colored clouds were floating in the sky behind the tall gentleman with a well-toned body and wonderful white hair. Al went to the door and greeted Nikola. Lien sat at the table and watched the two of them.

That night, Nikola didn't say much. Lien also didn't talk. Al alone talked a lot, about Lien's laundromat, about the washers and dryers lined up in the place, about the book by William Faulkner he had read while surrounded by the buzzing sound of the washers and dryers, and about the rerun of a comedy program on TV that was always aired when he sat reading Faulkner. Al even attempted at cracking a joke, saying that the laundromat was the only place where comedy and William Faulkner came together in a strange harmony. It was an attempt at easing the heavy atmosphere, but Lien and Nikola

표정으로 앉아있는 거야. 세탁소의 인류는 우선 빨아야 할 옷가지들을 세탁기에 넣어. 자동판매기에 50센트를 넣고 세제를 뽑은 뒤 옷 위에 뿌려. 25센트짜리 동전 여덟 개를 코인슬롯에 넣고는 세탁의 종류를 선택하지. 그리고 잡지나 텔레비전 따위를 보며 기다리는 거야. 25분 정도가 지난 뒤에는 옷가지들을 꺼내 카트에 넣고 이동해야 해. 축축한 옷가지들을 건조기에 주섬주섬 넣고 다시 20분을 기다리는 거지. 끝으로 커다란 더플백에 깨끗이 마른 옷가지들을 넣어서 우주 밖으로 나가는 거야. 상상해봐, 전 인류가 똑같은 자세로 똑같은 표정으로 똑같은 동작을 반복하고 있는 풍경을 말이야.

자신이 그토록 무의미한 말을 길게 하고 있다는 것에 알은 약간의 놀라움을 느꼈다. 니콜라와 리엔은 여전히 침묵을 지킬 뿐 가타부타 말이 없었다. 알은 당황하여 다시 입을 열었다. 아, 맞다. 그 우주에서 내가 좋아하는 게 또 있어. 건조가 끝난 옷가지들에 남아 있는 따뜻한 촉감 말이야. 나는 옷가지들을 쓰다듬을 때의 그 온기가 좋아. 갓 세탁이 끝난 따뜻한 섬유질만큼 기분이 좋아지는 건 없으니까. 아마도 어린 시절의 엄마 품 같은 것을 환기시켜주기 때문이 아닐까.

마지막 말은 그렇게 말한 알 자신으로서도 뜻밖의 것

merely smiled without saying much.

Al thought that he was a bit excited, unlike his usual self. Long stories wound out of his parted lips which used to be sealed. He rambled on about the coin laundry at night when Lien came to clean up the place.

The laundromat is like a small universe to the point that I wonder whether this world may be a part of the laundromat. When I open the door and walk in, everyone is sitting in the same position with the same expressions on their faces. The people in the laundromat first put the clothes they need to wash into the washer. Then they put in 50 cents into the vending machine to get detergent, which they squirt on the clothes. They put eight quarters into the slots and select a wash cycle. And they wait, reading the magazine or watching TV. After about 25 minutes, they take out wet clothes from the washer, put them in the cart, and push the cart over to a dryer. Then they put the wet clothes into the dryer and wait again for another 20 minutes. And, finally, they put the dry clothes into a huge duffle bag and walk out of the universe. Imagine, all the people doing the same thing over and over again in the same position and with the

이었다. 어린 시절의 엄마 품이라니. 그런 생각을 알은 단 한 번도 해본 적이 없었다. 그는 눈에 띄지 않게 한숨을 내쉬었다. 세 사람이 마주 앉은 창밖으로 어둠이 내려앉고 있었다. 가도 가도 끝나지 않을 것 같은 옥수수밭이 그 너머에 펼쳐져 있었다.

그 후로도 알은 리엔을 몇 개월 더 만났지만, 다음 해 여름이 되었을 때는 더 이상 그녀를 볼 수 없었다. 리엔의 아버지가 세탁소에서 일하다가 사소한 시비에 휘말려 부상을 입었다고 했다. 한 손님의 인종차별적 농담이 부른 시비였고, 리엔의 아버지가 입은 피해는 경미한 찰과상에 불과했다. 하지만 그는 그 후 놀라울 만큼 급격히 미국에서의 삶에 의욕을 잃었으며, 심각한 수준의 우울증에 걸리기까지 했다. 그래서 리엔은 아버지를 위해 미국에서의 삶을 포기하고 베트남으로 돌아가기로 결정했다는 것이다. 리엔은 알에게 의견을 묻지 않았고, 알은 자신이 아무런 의견도 제시할 수 없다는 것을 알고 있었다. 게다가 그때는 이미 그들의 관계에서 열기 같은 것이 빠져나간 뒤였다. 리엔은 알에게 이렇게 말했다. 그건 아마도, 따뜻하게 데워진 스프가 식탁 위에서 혼자 식어가는 아침과 비슷한 게 아닐까.

리엔이 떠난 뒤 알은 학업을 중단하고 시더래피즈의

same expression.

Al was faintly surprised at the fact that he was talking for such a long time about such a meaningless thing. Nikola and Lien kept their silences. Not knowing what to do, Al opened his mouth again.

Oh, right. There's another thing I like in that universe. The warmth that remains in the clothes right out of the dryer. I like the warmth especially when I fold the clothes. There's nothing that makes you feel better than clothes that came right out of the dryer. Maybe because it reminds you of your mom's embrace from your childhood or something.

Even Al was surprised that he said that last thing. Mom's embrace from your childhood? Al had never even thought about such a thing. Inconspicuously, Al breathed out a sigh. Outside the window, darkness was settling. Seemingly endless cornfields lay stretched beyond.

Al dated Lien for a few more months; but the next summer he couldn't see her any more. Lien's father was injured in a trivial fight at the laundromat. One of the patrons started the fight with a racist comment, and Lien's father suffered only a light abrasion. But he lost the will to live in the United States amazingly fast and developed a case

집으로 돌아왔다. 그리고 매일 늦은 아침에 혼자 식탁에 앉아 식은 스프를 떠먹곤 했다. 스프를 삼키면서 알은 리엔이 집을 방문했던 날의 어색한 침묵을 떠올렸다. 그날 알이 리엔을 배웅한 뒤 땅거미가 지는 길바닥에 담배꽁초를 던지고 집으로 돌아왔을 때, 벽에 걸린 낡은 사진들이 그의 눈에 띄었다. 열두 개의 작고 오래된 사진틀이 벽을 장식하고 있었다. 그 틀에 담긴 흑백 사진들은 니콜라가 전쟁에 나갔을 때 찍은 것이었다.

니콜라는 고등학교를 졸업한 후 곧바로 입대했다고 했다. 그리고 아직 전쟁 중이던 베트남에서 몇 번의 전투에 참가했다. 호치민이 세상을 뜨기 전이었고, 닉슨이 철군 계획을 밝히기 전이었으며, 우기였다. 세상에는 어쩔 수 없는 것이 있다고 니콜라는 말했다. 군인이 사람을 죽이는 것 역시 마찬가지지. 니콜라는 자신이 베트남에 투입된 미군 55만 명 가운데 하나였을 뿐이며, 그 전쟁으로 죽은 사람은 300만 명이 넘는다고 말했다. 가령 진주만에서 미국인들이 죽었다는 것 때문에 일본인들을 증오해야 할까? 니콜라는 알을 바라보며 그렇게 물었다. 평소보다 맥주를 많이 마신 날이었다. 자살을 위해 폭격기를 몰고 돌진하는 건 일본 군인들 개개인의 문제가 아니다. 그들 개인을 증오해서는 안

of serious depression. So Lien decided to give up her life in the U.S. and return to Vietnam. Lien didn't ask Al for his opinion, and Al knew that he wasn't in the position to give it. On top of that, something like fire had already gone out of their relationship.

Maybe it's like the morning when warm soup cools down, sitting on the table all by itself, Lien said to Al.

After she left, Al dropped out of school and returned to Cedar Rapids. Every day, late in the morning, he sat at the table and ate cold soup. As he swallowed spoonfuls of soup, he thought of the awkward silence the night Lien had come to his house. That evening, Al had seen her home. On his way back, he threw out a cigarette butt on the street at dusk. When he got back, old pictures on the wall caught his eyes. Twelve small, old picture frames decorated the wall. Those black and white pictures in the frames were pictures that Nikola took during the war.

Nikola said that he had enlisted in the army upon graduating from high school. And he fought in several battles in Vietnam, where the war had been still raging. It was before Ho Chi Min's death; it was before Nixon announced his plan to withdraw

된다. 개인은 희생자일 뿐이니까. 그렇게 말한 뒤 니콜라는 덧붙였다. 자신이 베트남에서 세 명의 인간을 총으로 두 번, 칼로 한 번 살해한 것은 거대한 강물의 아주 작은 파동에 불과한 것이다…… 라고.

알은 니콜라의 말에 반감을 느꼈지만, 그의 입에서 새어 나온 말은 스스로에게조차 엉뚱한 것이었다. 내가 세탁소에 앉아 있어. 이상하게도 갑자기 외롭다는 생각이 들지. 견딜 수 없어져. 모두가 나와 같은데 왜 외로워지는 걸까? 모두가 나와 같이 외롭기 때문일까?

니콜라는 말없이 알을 바라보았다. 알은 대답을 기다리지 않고 입에서 튀어나오는 대로 다시 지껄였다. 세탁소는 열한 시에 문을 닫지. 그건 언제나 리엔이 하는 일. 리엔은 개그 프로그램을 끄고 리엔은 세탁소의 불을 꺼. 그것도 리엔이 하는 일. 모든 기계가 멈추고, 기계들은 밤이 새도록 조용할 거야. 그것이…… 그것이 리엔이 하는 일이지.

니콜라는 알을 물끄러미 바라보았다. 한참의 침묵 후에 그는 맥주잔을 들어 마셨다. 옥수수밭에서 불어온 바람이 창틈으로 스며들었다. 빛과 어둠이 서로에게 스미는 저녁이었다. 오랜 시간이 지난 뒤 니콜라가 이윽고 입을 열었다. 쓸쓸한 어조였다. 디트로이트에 얼마

American troops; it was the monsoon season.

There are things you can't do anything about in this world, said Nikola. Like soldiers killing people.

Nikola told Al that he was just one of the 550,000 American soldiers who had been sent to Vietnam, and that over three million people died in that war.

I mean, should we hate the Japanese because Americans were killed at Pearl Harbor? Nikola asked Al on the night when he had had more beer than usual. It wasn't for personal reasons that Japanese soldiers swooped down in a bomber and charged at the enemy. We shouldn't hate them as individuals. Individually they were also victims.

After saying all that, Nikola added, The fact that I killed two people with a gun and one with a knife in Vietnam was just a small ripple in a great current.

Al felt a surge of animosity toward Nikola's statements, but what came out of his mouth was completely out of the blue, even for himself.

I'm sitting at the laundromat. And for some weird reason, I feel lonely all of a sudden. And I can't stand it. Everyone's like me, so why do I feel lonely? Is it because everyone's lonely just like I am?

Nikola looked at Al without saying a word. Without waiting for a reply, Al rambled on.

전까지 동거하던 여자가 있었다는 것이다. 니콜라는 승무원으로서 디트로이트와 시더래피즈에서 각각 며칠씩을 보내는 생활을 오랫동안 해왔기 때문에, 그건 특별히 놀라운 일이 아니었다. 3년이 넘도록 니콜라와 동거하던 여자는 얼마 전 다른 남자를 만나 떠났다고 했다. 그의 목소리가 미세하게 떨렸다. 미국인들이 평생 만나는 파트너는 평균 14.2명이지. 우리는 모두 그 14명 중의 하나로 살아가는 셈이랄까. 확률이란 그토록 정확한 거야. 우리를 찍어 누르지. 니콜라는 힘없는 미소를 지었다.

니콜라는 예순이 넘었으며, 이제 막 승무원 일을 그만두고 퇴직을 했으며, 암에 걸려 있었다. 이미 다른 곳으로 전이되어 회복이 어렵다고 했다. 담배를 피우지 않아도 암에 걸립니다. 암은 가족력이 중요하죠. 중국계로 보이는 의사는 니콜라와 알에게 침울한 목소리로 말했다. 의사의 말을 들은 니콜라는, 암 발생은 유전적 요인에도 영향을 받는데, 그게 몇 퍼센트더라…… 라고 중얼거렸다. 의사는 아무런 대답도 하지 않았다.

니콜라는 미시시피강이 보이는 호스피스 병동에 입원했다. 그의 부친이 생을 마친 병원이었다. 니콜라는

The laundromat closes at eleven. And it's Lien's job. She turns off the TV and turns off the lights. That's what she does. All the machines stop humming, and they stay quiet all through the night. That...that's what Lien does.

Nikola stared at Al. After a long silence, he guzzled down the beer in his glass. A breeze from the cornfields seeped in through the windows. It was an evening when light and darkness began to soak through each other. After a while, Nikola finally opened his mouth. He sounded forlorn. He said there was a woman he'd lived with in Detroit until recently. That wasn't particularly a surprise, as Nikola spent a few days each in Detroit and Cedar Rapids because of his work. Nikola then said that the woman who lived with him for the past three years left him for another man. His voice trembled slightly.

On average, Americans have 14.2 partners in their lifetime. We're pretty much one of those 14. That's how accurate statistics are. It stamps us down. Nikola smiled weakly.

Nikola was over 60 years old. He had just retired from his job as a flight attendant, and he had cancer. The doctor said it had already spread to dif-

입원을 위해 직접 세면도구 등속을 챙기고, 집을 청소한 뒤에, 손수 낡은 왜건을 몰고 병원으로 갔다. 알이 병원에 찾아갔을 때, 니콜라는 침상에 누워 문득 리엔 얘기를 꺼냈다. 리엔이 방문했던 그 밤에 고요하고 기이한 지옥을 경험했다는 것이다. 넌 믿지 못하겠지만, 그날 식탁에 앉아 있는데 내 손에서 낯선 감촉이 느껴졌다. 분명 아무것도 쥐고 있지 않았는데도, 방아쇠를 당길 때의 손가락의 감각과, 칼을 사람의 몸에 꽂아 넣을 때 손목으로 전해져오는 진동이 한꺼번에 느껴졌지. 그건 낚싯대 끝에서 전해지는 비릿한 떨림, 강물에서 건져 올린 물고기의 퍼득거림, 그 물고기의 피 묻은 입에서 낚싯바늘을 떼어낼 때의 기분과 비슷하더군. 니콜라는 그렇게 말하면서 창밖을 바라보았다. 옥수수밭이 펼쳐져 있는 대신 흙빛 강물이 흘러가고 있었다.

마지막으로 니콜라를 찾아온 사람은 디트로이트에서 니콜라와 동거했다는 흑인 여자였다. 키가 크고 단정하며 밝은 표정의 그녀는 니콜라의 침대 머리맡에서 하루 반나절 동안 대화를 나누고 돌아갔다. 그 하루 반나절 동안 하나의 인생이 흘러갔을 거라고 알은 생각했다. 여자는 병원의 지하식당에 내려가 식사를 할 때를 제외

ferent parts of his body, and it would be difficult for him fully recover.

You can get cancer even if you don't smoke, said the doctor, who seemed to be Chinese-American. For cancer, family history is important.

After he listened to the doctor, Nikola mumbled, Cancer is affected by genetics...Can't remember what the percentage was. The doctor didn't say anything.

Nikola moved into the hospice center overlooking the Mississippi River. It was the hospital where his father had breathed his last. Nikola packed his toiletries, cleaned the house, and drove his old station wagon to the hospital. When Al visited him at the hospital, Nikola was lying on his bed. He brought up Lien out of the blue. He said that he went through a quiet and eerie hell the night she'd visited.

You probably won't believe it, but when I was sitting at the table that day, I felt a strange sensation in my hands, said Nikola, as he looked out the window. I knew I wasn't holding anything, but I felt a rush of sensation, as if I was pulling a trigger, and I felt the vibration that creeps up your wrist when thrusting a knife into a person. It was similar to the

하고는 내내 니콜라와 이야기를 나누었다. 그들의 이야기가 끝나는 순간에 니콜라의 숨이 조용히 멎을 것 같다고 알은 생각했다.

니콜라의 연인이 흑인이었다는 것에 알은 약간의 의아함을 느꼈지만, 하루 반나절이 지난 뒤에는 그 모든 것이 자연스럽게 느껴졌다. 병원을 나서면서 그녀는 알에게 말했다. 자신이 니콜라를 버리고 다른 남자와 살게 된 후에도 니콜라는 자신을 사랑해주었다고, 그 사랑이 지나치게 집요했기 때문에 니콜라는 부들부들 떨리는 손에 칼을 들었다고, 칼을 든 채 그녀의 집 앞 어둠 속에 오래 서 있었던 적이 있었다고, 그녀는 말했다.

그때 그는 진실로 그녀를 죽이려고 결심한 상태였다고 한다. 하지만 그 어둠 속에서도 칼이 은빛으로 빛났기 때문에, 그녀는 죽지 않고 살아남을 수 있었다. 캄캄한 어둠 속에도 어딘가에는 빛이 있게 마련이지. 그것은 그녀가 아니라 니콜라 자신이 한 말이라고, 그녀는 차분한 목소리로 설명했다. 힘없는 미소가 그녀의 얼굴에 떠올라 있었다.

그때 니콜라가 암에 걸려 있었다는 사실을 알았더라면 그를 떠나지 않았을까? 그럴 리가. 그래도 나는 니콜라를 떠났을 것이고, 니콜라는 취한 채 부들부들 떨리

bloody tremble that begins from the tip of the fishing rod, the thrashing of the fish that I pulled up from the river, and the way I feel when I take the hook from the bloody mouth of a fish.

Outside, there were no cornfields. Instead, black water flowed.

The last person to visit Nikola was the black woman who used to live with Nikola in Detroit. Tall and neatly dressed, she sat by Nikola's bedside and talked with him for half a day with a chipper expression on her face. *During that time, one person's life probably flowed by*, thought Al. She talked with Nikola the whole time she was there, except for a short while when she had lunch at the hospital cafeteria. Al thought that Nikola's breathing would stop quietly the moment they finished talking.

Al was slightly bewildered by the fact that Nikola had dated a black woman, but it all felt natural by the time she was leaving. As she walked out of the hospital, she told Al that Nikola kept on loving her even after she dumped him and went to live with another man. His love was too strong, so Nikola had held a knife in his trembling hand. So he stood in the dark in front of her house with a knife in his

는 손에 칼을 들었겠지. 다음 생에도 이런 것은 반복될지도 몰라. 그녀는 낡은 포드 자동차에 시동을 걸면서 알에게 그렇게 말했다. 알은 병원 아래쪽의 산길로 천천히 사라지는 자동차를 오래 바라보았다.

얼마 후 산책을 나간 니콜라는 미시시피강을 가로지르는 다리에서 몸을 던졌다. 알에게 남긴 편지에는 짧고 간결한 몇 개의 문장만이 적혀 있었다. 밤마다 찾아오는 육체의 고통을 견디기 힘들구나. 나는 내게 쇠약한 몸이 있다는 것만을 진실로 깨닫고 있다. 그것이 지금의 내 삶이다. 이제 찌가 흔들리지 않는 강물을 오래 바라보는 일은 그만두고 싶구나…….

*

알은 니콜라의 유해를 강에 뿌린 뒤 한국행 비행기에 몸을 실었다. 비행기가 이륙한 뒤 그는 노스웨스트의 여승무원들이 두 손을 들어 제 입을 막는 시늉을 하는 것을 멍하니 바라보았다. 여승무원들은 기내 방송에 맞추어 선반 쪽을 가리킨 후, 거기서 산소마스크를 꺼냈다. 익숙한 동작으로 마스크에 붙어 있는 고무줄을 팽팽하게 당긴 뒤 손을 뻗어 비상구의 위치를 가리켰다.

trembling hand.

Nikola had really decided on killing her at the time. But even in the dark, the silvery blade had flashed, so she was able to live.

Even in the dark, there is light somewhere. She said that was what Nikola had said, not her. A weak smile lingered on her face.

If I had known that Nikola had cancer then, would I have stayed with him? No way. I would've left him, and he would still have gotten drunk and held a knife in his trembling hands. This might happen again in the next life, she told Al, as she revved her old Ford. Al watched her car for a long time as it slowly disappeared down the mountainous path.

After she left, Nikola went out to take a walk and threw himself off the bridge that spanned across the Mississippi River. He left Al a note containing only a few short sentences. *I can't stand the physical pain that comes to me every night. I am learning the hard way that my body's weak. That's my life now. I want to stop staring at the calm river, where the bobber doesn't move.*

*

After Al scattered Nikola's ashes over the river, he put himself on the plane to Korea. When the plane

저 마스크로 산소가 공급되는 것일까? 아니면 단지 바깥의 오염된 공기가 차단되는 것일까? 알은 그런 엉뚱한 생각을 하고 있었다.

비행기는 난기류를 몇 차례 통과한 뒤 하네다 공항에 도착했다. 알은 공항의 기념품점을 돌아다니다가 복도 한편에 배낭을 베고 누워 쪽잠을 잔 후 인천행 비행기로 환승했다. 인천에서 서울로 들어오는 공항버스 안에서 그는 자신이 바깥 풍경에 놀랍도록 무심하다는 것을 깨달았다.

텔레비전 방송에 출연한 알은 땀을 많이 흘렸다. 양복은 방송국에서 빌려 입었는데, 두꺼운 옷과 조명의 열기 때문에 스튜디오에 서 있기가 어려웠다. 사회자는 어머니를 만나고 싶어 한국에 온 입양아로서의 감회를 물었다. 알은 어머니를 만나고 싶기는 하지만, 만일 어머니가 자신을 만나는 걸 불편해한다면 만나지 않아도 좋다고 대답했다. 사실 유년에 대해 아는 것이 아무것도 없다는 사실이 그리 불편한 것은 아니라고 그는 덧붙였다. 말끔한 정장을 차려입은 사회자가 매우 안됐다는 표정을 지어 보이는 것을 알은 바라보았다. 네, 어머니에 대한 그리움이 매우 사무친 분인 듯합니다—라고

took off, he merely stared at the female flight attendants, who covered their mouths with their hands as part of an in-flight safety demonstration. Then they pointed to the overhead compartments according to the instructions announced through the PA system and took out their oxygen masks. In a familiar motion, they pulled taut on the elastic band on the mask, and stretched their arms out to point at the emergency exits.

Is oxygen provided through that mask? Or does it merely cut off the contaminated air outside? Al wondered about these strange things.

After going through some turbulences, the plane landed at Haneda Airport. Al walked around the gift shops at the airport, then took a short nap in a corner, using his backpack as a pillow. When he woke up, he got on the plane headed to Incheon. On the bus from the Incheon Airport to Seoul, Al realized that he was surprisingly inattentive to the outside scenery.

Al sweated a lot on TV. He had on a suit that had been provided by the broadcasting company. Because of the thick suit and the heat from the lights, it was hard for him to stand still at the studio. The

사회자가 말했을 때 약간 의아한 느낌이 들었기 때문일까, 알은 묻지도 않은 말을 내뱉었다. 저는 한국에 있을지도 모를 혈육에게 아무런 유감이 없습니다. 단지 부모가 어떤 이유로 아이를 버렸는지 확인하고 싶을 뿐입니다. 알의 말에 사회자는, 아마도 상황이 어쩔 수 없었겠지요—라고 애틋한 표정을 지으며 위로를 표했다. 알은 고개를 갸웃 거리며 대답했다. 하지만…… 하지만…… 그렇게 말할 수는 없습니다. 어쨌든 물고기의 입은…… 피로 가득한 것이니까요.

사회자는 당황한 표정을 지었고, 알은 그 표정을 물끄러미 바라보았다. 물론 알의 말은 방송용으로는 부적절한 것이었다. 그가 말한 내용은 대부분 편집되어 텔레비전에 방영되었다. 녹화된 화면을 텔레비전으로 다시 보면서 알은 이상한 기분에 사로잡혔다. 자신이 어머니를 찾고 싶어서 한국에 온 것이 아니라는 느낌이 강하게 들었던 것이다. 나는 왜 이곳에 온 것일까? 그는 고개를 흔들었다.

퇴근 후 탭하우스를 나온 알은 언제나처럼 새벽 한 시의 이태원 거리를 걸었다. 해밀튼 호텔에서 횡단보도를 건너 아랍인들의 거리와 이슬람 성당을 지나 가파른

TV show host asked him about his feelings as an adoptee who came to Korea to find his mother.

I want to meet her, but if she's uncomfortable with the prospect of seeing me, then that's okay, too, Al replied. He added that it's not that uncomfortable to not know anything about your childhood. Al looked at the host in a neat suit put on a sad face.

Ah, you seem to miss your mother very much, said the host.

Maybe it was because he found that remark a bit out of place. Al spoke without being prompted.

I have no grudge against my biological family, who may or may not be in Korea, said Al. I just want to know why parents would give up their child. The talk show host looked at Al with a heart-rending expression.

They probably didn't have a choice, he said in consolation. But, said Al, tilting his head slightly. But you can't say that. Because a fish's mouth is...full of blood in any case.

The host had looked flustered, but Al merely gazed at him. Of course, what Al said was not appropriate for broadcasting. Most of what he said had been edited out in the recording that was

계단을 내려갔다.

사람의 왕래가 적은 길을 택해 작정 없이 걷다가 그는 문득 커다란 강이 제 앞에 펼쳐져 있다는 것을 깨달았다. 자동차들이 윙윙거리며 달리는 새벽의 한강변이었다. 알은 미시시피강보다 더 검고 더 짙은 강의 물결을 내려다보았다. 벨벳을 깔아놓은 것 같은 수면이었다. 천천히 다리를 건너면서 그는 바닥에 침을 뱉었다. 자동차 매연과 먼지가 입에 고였기 때문이었다. 요즘에는 중국에서 날아온 미세먼지가 서울에 가득하지. 거리를 다니려면 마스크를 꼭 착용하도록 해, 가급적 산소마스크로. 사장은 그런 농담을 던지고는 호탕하게 웃음을 터뜨렸다. 노란 가로등 불빛들이 줄을 지어 강물에 비치고 있었다.

다리의 중간쯤에 이르렀을 때, 알은 난간 한편에 누군가 서 있다는 것을 깨달았다. 한 남자가 전화기를 귀에 대고 통화를 하고 있었다. 휴대전화가 아니라 공중전화였다. 다리 가운데 설치된 것이었는데, 그게 일반 공중전화가 아니라 상담용 전화라는 것을 그는 알고 있었다. 검은 강물의 유혹에 끌려 투신하는 사람들이 많기 때문에 설치된 것이라고 했다. 전화기에는 아무런 번호도 표시되어 있지 않다. 단지 녹색 버튼을 누르면 누군

aired. As he watched the show on TV, Al was overcome with an uncanny feeling. The thought that he didn't come to Korea to look for his mother rushed up to him. Why am I here? He shook his head.

After work, Al left the pub and took a walk around Itaewon at one a.m. in the morning, as usual. From Hamilton Hotel, he crossed the street, passed by the Arab Street and the Islam mosque, and walked down some steep steps.

Al kept on walking without a destination through the streets that were less frequented, and after a while a huge river lay in front of him. He had reached the Han River deep in the night with cars still buzzing by. Al looked down at the waters that were blacker and darker than the Mississippi River. Its surface was velveteen. As he walked slowly across the bridge, Al spat on the ground. Car fumes and dust gathered in his mouth.

Seoul is full of fine dust from China these days. When you walk around the street, you need a mask. An oxygen mask, if possible.

The owner of the pub had said something like that and burst out laughing. A line of yellow lights

가와 통화를 할 수 있다는 것이다. 서울과 한강에 대해 인터넷을 검색하다가 읽은 내용이었다. 한국은 OECD 국가 중 자살률 1위이며, 여전히 미친 듯이 성장에 매달리는 나라라고 했다. 빈부격차가 심해져 이제 더 이상은 지속이 어렵다고 했다. 하지만 더 많은 생명의 전화를 설치하고 다리 난간을 높일 것을 주장하는 국회의원도 있었다.

알은 남자를 지나쳐 걷다가 걸음을 멈추었다. 전화기를 붙들고 있는 남자가 어딘지 낯익다는 것을 깨달았기 때문이었다. 회색 점퍼 차림에 키가 작은 50대 남자였다. 알은 그가 탭하우스에서 울음을 터뜨렸던 그 남자라고 생각했지만, 이곳에는 닮은 사람들이 많기 때문에 확신할 수 없다는 생각이 동시에 떠올랐다. 죽음을 선택할 것인가 말 것인가는 그의 의지이므로, 내가 개입할 문제는 아니다. 나는 태평양을 건너 머나먼 이국에 온 이방인일 뿐이다. 알은 그렇게 생각했지만, 자신도 모르게 가만히 뒤를 바라보았다. 남자가 수화기를 든 채 알을 마주 보고 있었다. 알이 지나갈 때까지 말을 하지 않겠다는 듯 입술이 일자로 다물어져 있었다. 아주 오래전부터 그런 표정을 하고 있었기 때문에 다른 표정에 대해서는 전혀 알지 못하는 사람의 얼굴 같았다.

from lampposts fell on the surface of the water.

When he walked to somewhere near the middle of the bridge, Al noticed someone standing at the railing of the bridge, talking on the phone. It wasn't a cell phone but a public phone that had been installed in the middle of the bridge. Al knew that it wasn't a regular public phone. It was a suicide hotline phone. They said these phones had been installed because there were a lot of people who became mesmerized by the black river and threw themselves into it. There was no number pad on the phone. Rather, there was a green button that you pressed to talk to someone. Al had read about it before when he was surfing the Web about Seoul and the Han River. He also had read that Korea has the highest suicide rate among OECD countries, that the country is still obsessed with economic growth. The gap between the rich and the poor was so wide that it was at a breaking point. Some politicians wanted more of these lifelines installed and the railings built higher.

Al was walking past the man and stopped. He realized that the man looked somewhat familiar. The man was short; he seemed to be in his 50s; he was wearing a grey jacket. Al thought that he might be

알은 가만히 서서 남자를 바라보았다. 남자의 발밑으로 가로등과 아파트의 빛들이 가득 떠 있는 강물이 보였다. 저 수많은 불빛들이 강물의 풍요로움인 것은 아니다. 저 강물 속에는 죽은 사람의 팔과 죽은 사람의 얼굴과 죽은 사람의 발이 흘러가고 있을 것이다. 그렇게 생각하다가 알은 자기도 모르게 입을 열었다. 죽은 사람의 손이 그의 입을 억지로 벌린 것 같았다. 그의 입에서 엉뚱한 한국어가 튀어나왔다.

감사합니다. 죄송합니다. 맥주. 안주. 이것을 주세요…….

알은 자기가 말한 문장의 뜻을 떠올리려고 했지만, 어떤 단어가 어떤 뜻인지 분간이 가지 않았다. 알은 어쩐지 다급해진 목소리로 다른 문장들을 내뱉었다.

여보세요…… 울지 마세요…… 그렇지 않습니다…….

남자는 알의 말을 이해하기 위해 귀를 기울이는 듯하다가, 이내 얼굴을 찌푸렸다. 그리고 수화기를 내려놓더니 가만히 고개를 흔들었다. 그러고는 몸을 돌려 반대편으로 걸어가기 시작했다. 마치 다른 시간 속으로, 다른 세계 속으로 걸어 들어가는 사람처럼 느린 속도였다. 남자의 등이 조금씩 작아지는 것을 알은 물끄러미

the man who had burst out crying at the pub, but at the same time, he thought that he couldn't be sure since there were a lot of people who looked alike here in Korea. Since it's his choice to die or to live, I shouldn't intervene, thought Al. Yet he could not help turning around to look at the man. The man stared at Al with the phone in his hand. His lips were sealed tight, and he looked as if he wouldn't talk until Al walked away. It seemed as if he didn't know how to put on other expressions because that expression had been fixed on his face for such a long time.

Al stood still looking at the man. Underneath his feet, Al could see the river, flooded by the floating lights from lampposts and apartment buildings. Those lights didn't mean that the river was lush. In the river, there were probably the arms of the dead, the faces of the dead, and feet of the dead floating by. Thinking about these things, Al opened his mouth without realizing it. It felt as if the hands of a dead person pried his mouth open. And strange Korean words popped out of his mouth.

Thank you. I'm sorry. Beer. Snacks. Give me this...

Al tried to think of the meaning of the words he

바라보았다.

알은 난간에 붙박여 있는 전화기로 시선을 돌렸다. 전화기를 향해 다가갔다. 두 개의 버튼이 보였다. 119라고 쓰여 있는 빨간 버튼과 아무것도 적혀 있지 않은 녹색 버튼이었다. 알은 녹색 버튼을 눌렀다. 전화기 저편에서 여자의 목소리가 들렸다.

혹시 저 강을 뭐라고 부르는지 알아?

리엔이 문득 물었다. 강이 내려다보이는 식당에서였다. 날이 흐리고 어두운 흙빛으로 강물은 흘러가고 있었다. 알은 잠자코 있었다. 그것을 미시시피강이라고 부른다는 것은 누구나 알고 있다. 리엔이 희미한 미소를 지으며 입을 열었다. 올드 맨 리버라고 부른대. 미시시피강의 별칭이라던데.

리엔의 미소가 리엔의 얼굴에서 사라지는 순간을, 알은 물끄러미 쳐다보았다. 리엔은 문득 휴대전화를 꺼내 들고 뭔가 검색을 하는 듯했다. 인생은 아주 복잡하고 난해하면서도 한편으로는 배신감을 느낄 만큼 단순한 것인가봐. 리엔은 그렇게 말하며 작은 화면을 알에게 보여주었다. 약물오용으로 요절한 히스 레저의 사진이 화면에 떠 있었다. 요절한 배우의 오른팔에 문신이 새겨져 있었다. 리엔은 사진 아래 있는 문장을 중얼거리

was saying, but he couldn't tell which word meant what. For some weird reason, he began to spit out other words and sentences urgently.

Hello...Don't cry...That's not it...

The man seemed to listen for a few moments, to figure out what Al was saying. But then he frowned. He placed the receiver back on the phone and shook his head. Then he turned around and began to walk away slowly. It was as if he was moving into a different time, a different world. Al stared at the back of the man's head as he grew smaller and smaller.

Al turned to the phone installed on the bridge near the railing. Then he walked towards it. There were two buttons: a red button marked "119" and a plain green button.

Al pressed the green button. He heard a woman's voice on the other end.

Do you know what people call that river?

Lien had asked him out of the blue. They were sitting in a restaurant overlooking the river. The dark river flowed by under the grey clouds. Al had stayed quiet. Everyone knew that the river was called the Mississippi River.

They call it the Old Man River, Lien had said with

듯 읽기 시작했다.

내 팔에 있는 문신 올드 맨 리버는 그저 노래가 아니라네. 거기에는 몇 가지 뜻이 있지. 나는 무언가를 기억해야 할 때는 몸에 문신을 새겨. 지금 내가 그대에게 할 대답은 하나. 나는 여기에 무언가 영원한 것이 있다고 느낀다네. 나는 작은 보트를 타고 노를 저어 올드 맨 리버를 흘러가네…….

그것은 히스 레저가 어느 인터뷰에서 했다는 말이었다. 리엔은 마치 노래를 하듯 그 구절을 읊조렸다. 리엔이 말을 마친 뒤 침묵하자, 이번에는 알이 뭔가를 중얼거렸다. 리엔이 뭐? 하고 되물었지만, 알은 입을 다물었다. 그는 당황스러운 느낌이 들었다. 자신이 뭐라고 했는지 알 수 없었기 때문이었다. 자신의 입에서 튀어나온 것이 영어가 아니라 뭔가 다른 나라의 말 같았다.

리엔은 별 관심 없다는 듯 다시 휴대전화 화면으로 시선을 돌렸다. 알은 방금 자신이 뱉은 문장의 뜻을 잃어버린 채, 까마득히 저 아래를 흘러가는 강물을 바라보았다. 누군가 알의 귀에 여보세요, 여보세요, 무엇을 도와드릴까요, 라고 말하는 소리가 들렸다. 아주 먼 곳에서 들려오는 여자의 목소리였다. 알은 그것이 무슨 뜻인지를 이해하기 위해 눈을 가늘게 떴다.

a weak smile on her lips. Apparently it's the nick-name for the Mississippi River.

Al had looked at Lien the moment the smile faded from her face. Lien took out her phone and searched for something.

Life is so complicated and convoluted yet so simple that you almost feel betrayed, said Lien, as she showed Al the small screen on her cell phone.

It was a picture of Heath Ledger, who had died from drug abuse. There was a tattoo on his right arm. Lien began to mumble the words of the caption underneath the photo.

The 'Old Man River' tattoo on my arm is not just a song title, but it's got a few meanings. I just felt there was something eternal about the phrase, and I feel like now I'm at a time in my life where I'm paddling down Old Man River, it's on its way, life is about to speed up and maybe I should slow down and appreciate it.

This was what Heath Ledger had said in an interview. Lien quietly uttered these words as if she was singing. After she was done, Al mumbled something. What? asked Lien, but Al closed his mouth. He was embarrassed because he didn't know what he had said. The words that came out of his mouth seemed to be in a language other than English.

As if she didn't care much, Lien turned back to her cell phone. Having completely forgotten what he had said, Al merely stared at the river that was flowing by underneath. All of a sudden he heard a voice in his ears: Hello? Hello? How may I help you? It was the voice of a woman from afar. Al scrunched his eyes in an effort to understand what she was saying.

창작노트
Writer's Note

여보세요…… 여보세요……
당신은 어디 있습니까?

어느 취한 밤에 이태원의 거리를 하릴없이 걷고 있으면

바보 같으면서도 기묘한 느낌이 든다. 한국인과 외국인과, 서양인과 동양인과, 흑인과 백인과, 여자와 남자와, 젊은이와 늙은이와, 아이와 성인과…….

이 모든 생물들이 인간이라니.

이것은 뉴욕이나 모스크바,

또는 오토바이들이 윙윙거리며 내달리는 하노이의 거리를 걷는 것과 유사한 느낌.

그리고 나는 문득

Hello...Hello...
Where are you?

When I walk drunkenly through the streets of Itaewon at night,

I feel silly yet strange. Koreans and foreigners, Westerners and Asians, blacks and whites, women and men, the young and the old, children and adults...

Can't believe they are all humans.

Feels like I'm walking the streets in New York or Moscow,

or Hanoi, where roaring motorcycles race through.

And suddenly I understand

이런 것이 인간이며
세계라는 것을 수긍하게 된다.

이곳에서 나는
나의 정체성이 더 깊이 흐릿해지기를 바란다. 그렇게 흐려지고 흐려져서
그 흐릿한 물속의 심연에서 다시
사라진 정체성을 발견하기를.
안도 아니고 바깥도 아닌 그곳에서.
우리가 배제된 그곳에서.
어쩌면 우리의 고향에서.

*

알렉스는 물론 실존하는 인물이 아니지만, 나는 알렉스를 만나본 적이 있다. 아이오와에서도 만났고, 이태원에서도 만났으며, 가끔 산책을 나가는 한강변의 다리에서도 만났다.
내가 만난 알렉스들은 여자이기도 하고 남자이기도 했으며
젊기도 했고 늙기도 했지만

that these are humans,
that this is the world.

Here, I hope
my identity will be blurred more and more.
Blurred and blurred
so that the vanished identity
can be found again in the deep, blurry waters.
There where it is neither inside nor outside.
There where we have been excluded.
There where it might be our home.

*

Alex is not a real person, but I've met him before. I met him in Iowa, in Itaewon, and on the bridge across the Han River where I take walks sometimes.

The Alexes I met were sometimes women and sometimes men,
sometimes young and sometimes old.

그들은 모두 이 세계가 낯설다는 표정을 짓고 있었다.
이곳에 있지만
어딘지 다른 세계를 걷고 있는 듯한 표정들.

*

무수한 알렉스들과 어깨를 부딪칠 때마다 나는 내가 알고 있는 글귀 하나를 떠올리곤 한다. 이런 것이다.

"고향을 그리워하고 언제나 향수를 느끼는 것은 아직 미숙한 사람이다. 세계의 모든 장소를 고향으로 느낄 수 있는 사람은 내면의 힘을 가진 사람이다. 그러나 전 세계를 타향이라고 생각하고 그렇게 느낄 수 있는 사람이야말로, 완벽한 인간이다."

12세기 스콜라 철학자의 말이라고 한다. 매력적인 문장이다. 타향이야말로 세계를 온전히 볼 수 있는 곳이니까.

*

그러나 내가 이 문장에 완전히 동의할 수 있는 것은 아니다. 오늘날 이질감은 우리가 선택하는 것이 아니

But all of their faces said that they were strangers to this world.

As if they were walking in some other world, although they were here, physically.

Every time I brushed my shoulder against a countless number of Alexes, I recall a saying. It goes like this:

"The person who finds his homeland sweet is still a tender beginner; he to whom every soil is as his native one is already strong; but he is perfect to whom the entire world is as a foreign land."

This is a quote by a 12th century scholastic philosopher. It's a charming passage. Because a foreign land is where you can see the world in its entirety.

*

But I don't completely agree with this passage. The foreignness we feel today is not something

라, 우리에게 부여되는 것이다. 21세기는 어쩌면 '고향' 자체가 사라져가는 시대인지도 모른다. 많은 사람들은 자신이 살아가는 도시조차 '고향'으로 느끼지 못한다. 실제로는 고향이라고 하더라도, 그것은 풍경과 내가 일체감을 느끼는 근원적 장소로서의 그 '고향'은 아니다. 고향은 끊임없이 이질화되어가는 중이다. 그렇다고 21세기가,

완벽한 인간들로 가득한 시대인 것은 아니다.

*

벤야민은 보들레르에 관한 글에서 '배회자'(flâneur)에 대해 이야기한 적이 있다. 배회자는 풍경에 속해 있으면서 동시에 그 풍경의 바깥에 있는 자이다. 그와 달리 과거의 '산책자'(promeneur)는 풍경을 미적으로 재발견하며 세계와 자신을 동일화할 수 있는 자이다.

오늘날 우리는 산책이 아니라 배회만을 할 수 있는 것인지도 모른다.

안도 아니고

바깥도 아닌 곳에서

이 세계를 떠도는 것인지도 모른다.

that we choose to feel, but rather is something granted to us. The 21st century may be an era where "hometown" gradually disappears. Many people don't even think of the cities they are living in as their hometowns. Even if the cities are their hometowns, they are not hometowns as an original place where the landscape and I feel like one. Hometown is continuously being otherized. But that doesn't mean that the 21st century is
an era full of perfect human beings.

*

In an essay about Baudelaire, Walter Benjamin once talked about the casual wanderer (*flâneur*). A casual wanderer is someone who is in the scene yet, at the same time, is outside the scene. Unlike the casual wanderer, the walker (*promeneur*) from the past can rediscover the scene aesthetically and identify himself with the world.

Maybe today we cannot walk but only wander.
Neither in
nor outside this world,

적어도 배회자는
그렇게밖에 할 수 없는 자이다.

*

강변에 나가 알렉스를 만나면 물어보겠다.

당신은 어디 있습니까?

이 세계의 안입니까 바깥입니까?

포함되어 있습니까 배제되어 있습니까?

그는 무표정한 얼굴로 나를 바라보며 이렇게 중얼거릴 것이다.

감사합니다, 죄송합니다, 맥주, 안주, 여보세요……
여보세요……

maybe we are wandering aimlessly.
At the very least, the wanderer
is someone who cannot but wander.

*

If I meet Alex along the riverside, I'm going to ask him,

Where are you?

Are you in or outside this world?

Are you included or excluded?

Then he will look at me with a blank expression and murmur,

Thank you, sorry, beer, snacks, hello...hello...

해설
Commentary

흐르는 것, 사이에

백지은 (문학평론가)

올드 맨 리버, 올드와 리버 사이에 맨이 있다. 시간과 강, 두 흐르는 것 사이에, 흐르는 것들 속에, 사람이 있다. 흐르는 것은 사라지고 흐르는 것 속에서 사람은 살아진다. 이것은 아마도 시간과 강의 이야기, 시간이기도 하고 강 같기도 한 삶 혹은 인생 이야기, 산다는 것이 곧 흐르는 일이고 흐름으로써 살아지는 인간에 관한 이야기. 알렉스의 현재와 니콜라의 과거가 흐르고, 미시시피강과 시더강과 한강이 흐른다. 삶, 기억, 거리, 바람, 침묵, 허공, 풍경, 음악, 불빛, 미소, 그리고 모든 인생. 이것들은 세상 어느 곳에서나 흐르고, 흘러서 존재하고 존재는 사라진다. 영원히 흐르지 않는 것은 없고

Between the Things That Flow By

Baik Ji-eun (literary critic)

"Old Man River." Between "old" and "river" is "man." Between time and river—two things that flow by—are people. Things that flow by disappear and among the things that flow by appear people's lives. This may be a story about time and rivers, a story about a life or a living that is like time or a river, a story about people who go on living by flowing because flowing is living. Alex's present and Nikola's past flow by. The Mississippi River, the Cedar River, and the Han River flow by. Life, memories, streets, breezes, silence, empty space, scenery, music, lights, smiles, and all lives. All these things flow by in every part of this world; by flow-

오직 흐르는 일만이 영원하리니…….

제목의 정서가 그렇다는 말이다. 소설 전체에 감도는 분위기가 이와 무관하지는 않겠지만, 이것은 인생을 시간과 강의 흐름에 빗대고 그 유비를 찬탄하거나 탄식하는 부류의 이야기는 아니다. 다만 각자의 사연과 곡절을 안고서 각자의 노를 저어 흘러가는 서로 다른 인생들과, 그 "아주 복잡하고 난해하면서도, 한편으로는 배신감을 느낄 만큼 단순한" 인생의 비밀에 대해 낮은 목소리로 중얼거리는 이야기가 여기 있다. '인생'의 비밀이라고? 그렇다, 두 가지 뜻의 '인생'이 있을 것이다. "많은 사람들이 그렇듯이" 태어나 키워지고 사랑하고 이별하고 아이를 낳고 아이를 키우고 병들고 늙고 죽고…… 하지만 그 아이가 또 사랑하고 아이를 낳고 키우고 늙고 죽는…… '인간'이라는 종의 삶. 또는, '나'라는 한 사람으로서 "작은 닻 같은" 이름을 세상에 내리고 탄생부터 죽음까지 버텨낸 '개인'의 일생. 인생의 비밀은 어느 쪽에 있을까?

이태원 뒷골목의 어두침침한 계단에서 담배를 물고 앉은 이십대 남자, 알렉스. 한국에서 태어나 북미 중부의 소도시 시더래피즈에 살고 있는 니콜라에게 입양되었다. 옥수수밭이 펼쳐진, 시 외곽의 낡은 집에서 스물

ing, they exist, and their existences disappear. There is nothing that does not flow forever, and only the act of flowing remains forever.

That's the sentiment of the title. The general atmosphere of this story is probably not irrelevant to this sentiment, but this is not a story that compares life to the flow of time or river and praises or laments how significant an analogy it is. Rather, it is a story about different lives that flow by, rowing their own boats, filled with their own stories and their own reasons. It is a story that mumbles in a low voice about the secret of life that is "complicated and convoluted, yet so simple that you almost feel betrayed." The secret of "life"? Yes. There are two different types of "life." One is the life of the "humans," who "just like many other people" are born and reared, who fall in love and experience breakups, who bear and rear a child, who get older and die. And there is the life of an "individual," who survives from birth to death, "anchored" to this world with a name. In which life then lies this secret?

Sitting on the dark stairs in the back alley in Itaewon is a man in his 20s, Alex. He was born in Korea and adopted by Nikola, who lived in Cedar

네 살이 될 때까지 니콜라와 단 둘이 살았다. 니콜라가 암에 걸리고 스스로 미시시피강에 몸을 던진 후, 그는 혼자 한국으로 왔다. 입양아 친부모 찾기 프로그램에 등록했지만 친모를 찾고 싶어 한국에 온 건 아니라고 느낀다. 그는 현재, 한국인과 외국인, 취객과 관광객들이 한데 엉켜 흘러 다니는 인파 속에서 방향도 속도도 고정되지 못한 채 둥둥 떠 있다. 두 개의 사실, "이 세상에 자신이 완전히 혼자라는 사실과, 자신과 비슷하게 생긴 사람들이 거리에 흘러넘친다는 사실"을 각각 이해할 수는 있지만 '두 사실의 관계'에 대해서는 여전히 생각중이다.

알렉스의 양부 니콜라는 자주 이런 얘기를 했더랬다. "오늘 30만 명이 태어나고 17만 명이 죽고, 내일 또 30만 명이 태어나고 17만 명이 죽고, 모레 다시 30만 명이 태어나고 17만 명이 죽는 거야. 우리는 매일 그 사이의 13만 명 중 하나로 살아가는 셈이지." 이것은 이상한 산수인가? 그럴지도 모르지만 알렉스는 고개를 끄덕이곤 했다. 오늘 살아있는 인간은 모두, 13만 명 아니 지구상 70억 인간들과 마찬가지로, 태어나자마자 죽는 운명을 피했고, 사랑을 하고 아이를 낳으며, 이별을 하거나 이혼을 하고, 병에 걸려 죽음에 다가간다. 나의 인생은,

Rapids, a small city in central United States. He lived with Nikola in a decrepit house on the outskirts of the city, where cornfields stretched for miles and miles, until he turned 24. After Nikola received a diagnosis of cancer and hurled himself into the Mississippi River, Al left for Korea alone. There he goes on a TV show for adoptees, looking for his biological parents; but he suddenly realizes that he didn't come to Korea to find his biological mother. Without fixed direction or urgency, he is currently floating in the current of Koreans, foreigners, drunkards, and tourists, as they mingle and flow by. He can understand two facts: that he is now "completely alone in this world and that the streets are overflowing with people who look like him." But he is still in the process of thinking about the relationship between those two facts.

The narrator mentions that Nikola, Alex's stepfather, used to say: "About 300,000 people are born every day to this world, and about 170,000 die every day... So 300,000 people are born and 170,000 people die today, and tomorrow, 300,000 people are born and 170,000 die, and the day after tomorrow, 300,000 are born and 170,000 die." Is this calculation strange? Maybe. But Alex used to nod as

인간이라는 종족, 지구를 뒤덮은 수십억 인생들이 흘러가는 거대한 강물을 따라 나도 같이 흘러간다는 뜻일 뿐. 부들부들 떨리는 손에 칼을 들게 한 사랑도 "미국인들이 평생 만나는 파트너 평균 14.2명" 중의 하나로 일어난 일인 셈이다. "이제 막 인생이 끝나도 괜찮을 만큼" 커다란 나의 슬픔도 인류의 강물에서 퍼낸 한 바가지 물에 지나지 않는다. '나'라는 한 사람의 생에 영원한 의미란 것이 있다면, 인간이라는 종의 삶들이 확률로 "찍어 누르"는 의미 말고 무엇이 있을까. 우리에게 이것은 의미인가, 무의미인가. 다행인가, 불행인가. 희극인가, 비극인가.

니콜라 식으로 더 생각해볼 수 있다. 여행과 노래와 사랑밖에 모르는 부모를 가진 아이였던 니콜라는 자라서 "당연하게도" 공화주의자가 된다. 자유를 경멸했고 분방함을 혐오했으며 법규를 위반하지 않았다. 교회에 열심히 나갔고 보수적인 대통령에게 투표했고 강력한 의견을 자주 표명했다. 그는 부랑하는 삶을 사랑할 수 없었다. 그저 "서로 다른 삶들은 서로 다른 방식으로 흘러가면 되는 것"이라 생각했다. "인생의 기쁨이나 괴로움에는 총량이 정해져 있어서, 젊은 시절이든 어린 시절이든 혹은 노년이든, 누구나 주어진 분량을 소비하면

he listened. Like the 130,000 people, or actually the 7 billion people alive on this earth, people who are alive today have escaped the fate of dying at birth. They fall in love, have kids, experience breakups or divorces, contract illnesses and move toward death. It just means that our lives flow along in a great river of billions of lives of humans who blanket this earth. The love that prompted Nikola to hold a knife in his trembling hand was just an act committed by one of the "14.2 partners" Americans have in their lifetime on average. The sorrow, deep enough that it "would be okay for...life to end" is just a bucket of water drawn from the river of the humanity. If there is an eternal meaning in the life of a person called "I," then what other meaning would be there besides the statistics that we are "stamped" with, as part of all human lives? To us, is this meaningful or meaningless? Is it fortunate or unfortunate? Is it a comedy or a tragedy?

We can think about this more like Nikola does. Nikola, whose parents only loved traveling, singing, and loving, grows up and "naturally" becomes a Republican. He despised freedom, abhorred free-spiritedness, and did not violate laws or regulations. He went to church zealously, voted for con-

서 살아갈 뿐이라고 믿"었다. 니콜라의 부드러운 백발과 품위 있는 주름을 알렉스는 사랑했으므로, "인생의 대부분이 실은 반복적이며 기계적인 동작으로 이루어져 있다는 것을 알고 있는" 니콜라의 얼굴은 알렉스를 조금쯤 위로할 수도 있었을까. 알렉스의 불행이라면, '해외아동수출 1위'인 한국에서 1950년대부터 2000년대 말까지 해외로 입양시킨 약 16만 명 중 하나만큼의 몫일 뿐, 자기의 유년에 대해 아무것도 모른다는 사실이 그리 불편한 일도 아니라면 그만 아닌가. 아무도 모르게 거꾸로 흘러가는 시더강을 혼자 생각하면서, "전 인류가 똑같은 자세로 똑같은 표정으로 똑같은 동작을 반복하고 있는 풍경"을 상상하면서, 알렉스의 인생은 늦은 아침 혼자 식탁에 앉아 식은 수프를 떠먹는 일처럼 아무렇지 않게 흘러갔을지도 모른다.

하지만, 바로 그렇게 알렉스의 인생을, 알렉스의 과거와 미래를, 우리가 벌써 이해하고 자연스럽게 바라보아도 되는 것인가? 무정형한 우연과 확률에 갇힌 개인의 삶은 "거대한 강물의 아주 작은 파동에 불과한 것"이라고, 그렇게 생각하고 말면 그뿐일 리 없다. 알렉스는 아무래도 견딜 수가 없었을 것이다. "모두가 나와 같은데 왜 외로워지는 걸까? 모두가 나와 같이 외롭기 때문일

servative presidents, and often expressed strong opinions. He couldn't love a wandering life. He just believed that "different lives flow by in different ways." He believed that "there is a set amount of joy and sorrow in life, so whether in adolescence, youth, or old age, people live spending the allotted amount of joy and sorrow." Alex loved Nikola's soft white hair and dignified wrinkles, so is it possible for Alex to have been consoled by Nikola's face, which seemed to know "that most of one's life is in fact made up of repetitive and mechanical movements"? Alex's misfortune is just a portion of the misfortunes experienced by the 160,000 children who were adopted by foreign families from Korea, the "largest children exporter," between the 1950s and the late 2000s. And since he doesn't feel uncomfortable not knowing anything about his childhood, then why should it matter? Thinking about the Cedar River changing direction surreptitiously, thinking about the scene where "all the people are doing the same thing over and over again in the same position and with the same expression," Alex's life might have flowed by uneventfully, like eating cold soup at the table all by himself late in the morning.

까?"라는 생각이 멈춰질 수가 없었을 것이다. 알렉스가 친부모 찾기 방송에 출연해서 "단지 부모가 어떤 이유로 아이를 버렸는지 확인하고 싶을 뿐"이라고 말했을 때 사회자는 애틋한 표정을 지으며 "아마도 상황이 어쩔 수 없었겠지요"라고 위로를 표한다. 그는 알렉스뿐 아니라 입양아 누구에게라도 그런 말을 건넬 수 있었겠으나, 그렇게 말해져서는 안 된다. 알렉스는 말한다, "그렇게 말할 수는 없습니다. 어쨌든 물고기의 입은…… 피로 가득한 것이니까요." 피 묻은 물고기의 입은, 언젠가 니콜라가 한 말이었다. 니콜라는 베트남전에 투입된 55만 명의 미군으로서 그 전쟁에서 죽은 300만 명이 넘는 인간들 중 세 명을 살해했을 뿐이라고 말했었지만, 알렉스의 베트남인 여자친구 리엔을 만난 그 밤 니콜라의 손에 전해진 총과 칼의 "낯선 감촉"은 강물에서 건져 올린 물고기의 입에서 낚시 바늘을 떼어낼 때의 기분과 비슷했다고.

그렇다면 다시 니콜라 식으로, 더 생각해봐야 한다. 숫자 나열을 좋아하는 니콜라가 숫자를 입에 올리지 않는 때가 있었다. 오직 "메릴에 대해 이야기할 때". 메릴은 알렉스를 입양하고 얼마 뒤 사망한 니콜라의 아내였다. 메릴을 사랑한 것, 메릴과 결혼한 것, 그리고 메릴을

But can we accept and simply look at Alex's life, his past and present like that? Merely thinking that the life of an individual trapped in amorphous coincidences and probabilities is just a "small ripple in a great current" can't be all there is. Alex probably couldn't stand it. He probably couldn't stop thinking: "Everyone's like me, so why do I feel lonely? Is it because everyone's lonely just like I am?" When Alex went on the TV show to find his birth parents and said that he "only wanted to know the reason his parents gave up their child," the host consoled him saying, "They probably didn't have a choice." He could have said that to not only Alex but any other adoptee, but it shouldn't be said like that. Alex says, "You can't say that. Because a fish's mouth is...full of blood in any case." Bloody fish mouths was something that Nikola had mentioned. He'd said that he was just one of the 550,000 soldiers sent to take part in the Vietnam War, that he only killed three of the three million people killed in the war. Yet the night he met Lien, Alex's Vietnamese girlfriend, Nikola felt a "strange sensation," as if he were holding a gun and a knife in his hand, and it was similar to how he'd felt when he took the hook out of the mouth of the fish he'd caught.

잃은 것은 "나 자신도 설명할 수 없는 신비로운 사건"이라고 니콜라는 말했다. 알렉스에게는 메릴에 대한 기억이 없었지만, 니콜라가 메릴에 대해 이야기할 때마다 알렉스는 진짜 위안을 얻었다. "누군가 지상에 존재했었다는 단순한 사실"만으로도, "아니면 니콜라라는 한 남자가 메릴이라는 한 여자를 깊이 추억하고 있다는 사실"이 있어서, "어쩌면 그저 죽은 이의 과거만이 줄 수 있는 적요함 때문"에. 니콜라에게도 물론 메릴은 다만 '신비로운' 과거만은 아니었으리라. "어떤 과거와도 연결되지 않은" 듯한 니콜라의 얼굴에 새겨진 "품위 있는 주름" 같은 것이 바로 그녀, 메릴과의 시간이 아니었을까. 강물처럼, 허공처럼 흐르는 시간 속에서 삶은 과거와 연결되어 있지 않을지도 모르지만, 얼굴에 새겨진 주름처럼 흐름의 흔적은 남고 인생이란 결국 그 흔적에 다름 아닌 게 아닐지.

인생의 대부분은, 강변에서 물의 흐름을 오래 지켜보는 일, 비행기에서 창밖의 기류를 가만히 바라보는 일과 어딘가 비슷한 데가 있다고 할지라도, "고요하고 평화로운 강물을 바라보"는 우리는 누구나 "찌가 움직이기를" 기다린다. "이제 찌가 흔들리지 않는 강을 오래 바라보는 일은 그만 두고 싶구나"라는 것이 니콜라가 마

Then we need to think more about this from Nikola's perspective. Nikola loved to list numbers and figures, except for certain times—when he "talked about Meryl." Meryl was Nikola's wife who passed away shortly after they adopted Alex. Nikola said that falling in love with Meryl, marrying her, and losing her were the three "magical and inexplicable events" in his life. Although Alex had no memory of Meryl, he was genuinely comforted whenever Nikola talked about her. Maybe because of the "simple fact that someone had existed on this earth," or maybe because of the fact that a "man named Nikola deeply cherished the memories of a woman named Meryl," or maybe because of the "desolateness that only memories of the dead can bring." Meryl probably hadn't been a mere "magical" past for Nikola either. Maybe Meryl, and his time with her were, something like the "dignified wrinkles" etched on his face that "seemed unconnected to any past." Maybe life isn't related to the past in time, which flows like a river, and the air, but traces of the flow of time remain like the wrinkles etched on people's faces. And maybe life is nothing more than those traces.

Most of life may be similar to watching the flow

지막 편지에 남긴 말이었다. 영원처럼 흐르는 인류의 시간 속에 흔적 없이 사라지는 각자의 삶이라지만, 기적 같은 사랑과 어둠 속에서 번득이는 칼날과 낚시에 찔린 피 묻은 입 같은 것이, 아무것도 아닌 일일 수는 없다. 자기와 비슷하게 생긴 사람들이 거리에 흘러 넘쳐도 알렉스의 외로움은 '단순한' 것이 아니라 '복잡하고 난해한' 것이다. 인생의 비밀이라면, '복잡하지만 단순한 것'이 아니라 '단순하지 않고 복잡한 것'이 아닐까. 시간과 강 사이에서, 흐르는 것들 속에서, 삶, 기억, 거리, 바람, 침묵, 허공, 풍경, 음악, 불빛, 미소, 그리고 모든 인생은, 복잡하게 깜빡이고 난해하게 흔들린다. 흐르는 것은 이내 까마득해지지만 그 흐름 속에서 흔들리고 명멸하는 것은 언제나 선명히 거기 있다.

백지은 문학평론가. 2007년 《세계의 문학》 신인상 평론 부문으로 등단했다. 평론집 『독자시점』이 있다.

Baik Ji-eun Baik Ji-eun is a literary critic. She made her literary debut when she won the Sehye-eui Munhak New Writer's Award in literary criticism in 2007. Her publications include a collection of literary criticisms, ***Reader's Perspective***.

of the water at the river's edge or the air currents outside the window of an airplane. But as we sit watching the "quiet and serene surface of the river," we—all of us—wait for the "bobber to go down." In his last letter to Alex, Nikola wrote, "I want to stop staring at the calm river, where even the bobber stays still." The lives of individuals vanish without a trace within the eternally flowing time of humanity. Yet things like miraculous love, the knife blade that flashes in the dark, and the bloody mouth stabbed by a knife or pierced by a hook cannot be "nothing." Even though people who look like Alex are overflowing the streets, his loneliness is not "simple," but rather "complicated and convoluted." The secret of life, if there is such a thing, might not be something that is "simple yet complicated" but rather something that is "not simple but complicated." Between time and a river, between the things that flow by, existences, memories, streets, wind, silence, empty space, the scenery, music, lights, smiles, and all lives blink intricately and flicker perplexingly. What flows by eventually become distant, but what flickers and blinks in the flow remains clear and visible.

비평의 목소리
Critical Acclaim

일상의 시간이 주체만의 한정된 경험으로 어떤 세계를 일군다면 여행의 시간은 오랜 기간 축적되어온 주체 중심의 세계를 잠시 소거함으로써 인식의 자리를 넓힌다. 즉 여행은 '차이'의 실감을 통해 삶을 확장하는 역할을 한다. 그런데 이장욱은 이 익숙하면서도 어딘지 다른 소설 속에서 다양한 삶의 형식들을 불러와, 오래된 삶의 문법을 뒤섞는다.

이재원, 「세상의 모든 절반들에게」,

『2013 제4회 젊은작가상 수상작품집』, 문학동네, 2013

While ordinary, daily time builds a world through a subject's limited experience, time within the activity of traveling expands a subject's cognitive world by temporarily erasing this subject-centered world, which has been built over a long time. In other words, travel enlarges life through the experience of difference. Lee Jang-wook depicts various forms of life and mixes longstanding rules of life in this familiar yet different story.

Lee Jae-won, "To All Halves of the World,"
Collected Short Stories of the 2013 Fourth Young Writer Award Recipients, (Munhakdongne, 2013)

우리는 이 세계가 다면적이고 이질적임을, 융합되지 않는 모순들로 들끓고 알 수 없는 모호함으로 붐비는 곳임을 잘 알고 있다고 생각하지만, 실상 매 순간 우리의 심리적·관념적 현실은 얼마나 분명하고도 통합적인지! 이장욱의 소설을 읽으면 바로 그런 생각에 깊이 빠지게 된다. 소설에는 본래 인물들의 내부와 외부에 동시다발적으로 존재하는 여러 개의 시선과 목소리(화자와 작가, 그리고 독자의 그것까지도)가 얽혀 있게 마련이지만, 이장욱의 소설만큼 그것들이 '문학적인' 궤적을 그리는 경우는 흔치 않기 때문일 것이다.

백지은, 「다른 계절의 원근법」, 『천국보다 낯선』, 민음사, 2013

Although we believe that the world is multifaceted and heterogeneous—a place teeming with contradictions that cannot be harmonized and unknowable ambiguities—yet we maintain our psychological and ideological realities as clear and unified at every moment! This contradiction is what Lee Jang-wook's works make us fundamentally think about. Ordinarily, multiple viewpoints and voices, including those of narrators, writers, and even readers, that exist simultaneously, both inside and outside of characters, tend to be intertwined in a novel. But they rarely draw the kind of original literary traces that we see in Lee's novels.

Baik Ji-eun, "Perspective of Another Season,"

Stranger Than Paradise, (Minumsa, 2013)

K-픽션 011
올드 맨 리버

2015년 8월 3일 초판 1쇄 발행

지은이 이장욱 | 옮긴이 스텔라 김 | 펴낸이 김재범
기획위원 정은경, 전성태, 이경재
편집 정수인, 윤단비, 김형욱 | 관리 박신영
펴낸곳 (주)아시아 | 출판등록 2006년 1월 27일 제406-2006-000004호
주소 서울특별시 동작구 서달로 161-1(흑석동 100-16)
전화 02.821.5055 | 팩스 02.821.5057 | 홈페이지 www.bookasia.org
ISBN 979-11-5662-123-2(set) | 979-11-5662-126-3(04810)
값은 뒤표지에 있습니다.

K-Fiction 011
Old Man River

Written by Lee Jang-wook | **Translated by** Stella Kim
Published by ASIA Publishers | 161-1, Seodal-ro, Dongjak-gu, Seoul, Korea
Homepage Address www.bookasia.org | **Tel**. (822).821.5055 | **Fax**. (822).821.5057
Facebook www.facebook.com/asiapublishers
First published in Korea by ASIA Publishers 2015
ISBN 979-11-5662-123-2(set) | 979-11-5662-126-3(04810)

바이링궐 에디션 한국 대표 소설

한국문학의 가장 중요하고 첨예한 문제의식을 가진 작가들의 대표작을 주제별로 선정!
하버드 한국학 연구원 및 세계 각국의 한국문학 전문 번역진이 참여한 번역 시리즈!
미국 하버드대학교와 컬럼비아대학교 동아시아학과, 캐나다 브리티시컬럼비아대학교 아시아학과 등 해외 대학에서 교재로 채택!

바이링궐 에디션 한국 대표 소설 set 1

분단 Division

01 병신과 머저리-**이청준** The Wounded-**Yi Cheong-jun**
02 어둠의 혼-**김원일** Soul of Darkness-**Kim Won-il**
03 순이삼촌-**현기영** Sun-i Samch'on-**Hyun Ki-young**
04 엄마의 말뚝 1-**박완서** Mother's Stake I-**Park Wan-suh**
05 유형의 땅-**조정래** The Land of the Banished-**Jo Jung-rae**

산업화 Industrialization

06 무진기행-**김승옥** Record of a Journey to Mujin-**Kim Seung-ok**
07 삼포 가는 길-**황석영** The Road to Sampo-**Hwang Sok-yong**
08 아홉 켤레의 구두로 남은 사내-**윤흥길** The Man Who Was Left as Nine Pairs of Shoes-**Yun Heung-gil**
09 돌아온 우리의 친구-**신상웅** Our Friend's Homecoming-**Shin Sang-ung**
10 원미동 시인-**양귀자** The Poet of Wŏnmi-dong-**Yang Kwi-ja**

여성 Women

11 중국인 거리-**오정희** Chinatown-**Oh Jung-hee**
12 풍금이 있던 자리-**신경숙** The Place Where the Harmonium Was-**Shin Kyung-sook**
13 하나코는 없다-**최윤** The Last of Hanak'o-**Ch'oe Yun**
14 인간에 대한 예의-**공지영** Human Decency-**Gong Ji-young**
15 빈처-**은희경** Poor Man's Wife-**Eun Hee-kyung**

바이링궐 에디션 한국 대표 소설 set 2

자유 Liberty

16 필론의 돼지-**이문열** Pilon's Pig-**Yi Mun-yol**
17 슬로우 불릿-**이대환** Slow Bullet-**Lee Dae-hwan**
18 직선과 독가스-**임철우** Straight Lines and Poison Gas-**Lim Chul-woo**
19 깃발-**홍희담** The Flag-**Hong Hee-dam**
20 새벽 출정-**방현석** Off to Battle at Dawn-**Bang Hyeon-seok**

사랑과 연애 Love and Love Affairs

21 별을 사랑하는 마음으로-**윤후명** With the Love for the Stars-**Yun Hu-myong**

22 목련공원-**이승우** Magnolia Park-**Lee Seung-u**

23 칼에 찔린 자국-**김인숙** Stab-**Kim In-suk**

24 회복하는 인간-**한강** Convalescence-**Han Kang**

25 트렁크-**정이현** In the Trunk-**Jeong Yi-hyun**

남과 북 South and North

26 판문점-**이호철** Panmunjom-**Yi Ho-chol**

27 수난 이대-**하근찬** The Suffering of Two Generations-**Ha Geun-chan**

28 분지-**남정현** Land of Excrement-**Nam Jung-hyun**

29 봄 실상사-**정도상** Spring at Silsangsa Temple-**Jeong Do-sang**

30 은행나무 사랑-**김하기** Gingko Love-**Kim Ha-kee**

바이링궐 에디션 한국 대표 소설 set 3

서울 Seoul

31 눈사람 속의 검은 항아리-**김소진** The Dark Jar within the Snowman-**Kim So-jin**

32 오후, 가로지르다-**하성란** Traversing Afternoon-**Ha Seong-nan**

33 나는 봉천동에 산다-**조경란** I Live in Bongcheon-dong-**Jo Kyung-ran**

34 그렇습니까? 기린입니다-**박민규** Is That So? I'm A Giraffe-**Park Min-gyu**

35 성탄특선-**김애란** Christmas Specials-**Kim Ae-ran**

전통 Tradition

36 무자년의 가을 사흘-**서정인** Three Days of Autumn, 1948-**Su Jung-in**

37 유자소전-**이문구** A Brief Biography of Yuja-**Yi Mun-gu**

38 향기로운 우물 이야기-**박범신** The Fragrant Well-**Park Bum-shin**

39 월행-**송기원** A Journey under the Moonlight-**Song Ki-won**

40 협죽도 그늘 아래-**성석제** In the Shade of the Oleander-**Song Sok-ze**

아방가르드 Avant-garde

41 아겔다마-**박상륭** Akeldama-**Park Sang-ryoong**

42 내 영혼의 우물-**최인석** A Well in My Soul-**Choi In-seok**

43 당신에 대해서-**이인성** On You-**Yi In-seong**

44 회색 時-**배수아** Time In Gray-**Bae Su-ah**

45 브라운 부인-**정영문** Mrs. Brown-**Jung Young-moon**

바이링궐 에디션 한국 대표 소설 set 4

디아스포라 Diaspora

46 속옷-**김남일** Underwear-**Kim Nam-il**
47 상하이에 두고 온 사람들-**공선옥** People I Left in Shanghai-**Gong Sun-ok**
48 모두에게 복된 새해-**김연수** Happy New Year to Everyone-**Kim Yeon-su**
49 코끼리-**김재영** The Elephant-**Kim Jae-young**
50 먼지별-**이경** Dust Star-**Lee Kyung**

가족 Family

51 혜자의 눈꽃-**천승세** Hye-ja's Snow-Flowers-**Chun Seung-sei**
52 아베의 가족-**전상국** Ahbe's Family-**Jeon Sang-guk**
53 문 앞에서-**이동하** Outside the Door-**Lee Dong-ha**
54 그리고, 축제-**이혜경** And Then the Festival-**Lee Hye-kyung**
55 봄밤-**권여선** Spring Night-**Kwon Yeo-sun**

유머 Humor

56 오늘의 운세-**한창훈** Today's Fortune-**Han Chang-hoon**
57 새-**전성태** Bird-**Jeon Sung-tae**
58 밀수록 다시 가까워지는-**이기호** So Far, and Yet So Near-**Lee Ki-ho**
59 유리방패-**김중혁** The Glass Shield-**Kim Jung-hyuk**
60 전당포를 찾아서-**김종광** The Pawnshop Chase-**Kim Chong-kwang**

바이링궐 에디션 한국 대표 소설 set 5

관계 Relationship

61 도둑견습 - **김주영** Robbery Training-**Kim Joo-young**
62 사랑하라, 희망 없이 - **윤영수** Love, Hopelessly-**Yun Young-su**
63 봄날 오후, 과부 셋 - **정지아** Spring Afternoon, Three Widows-**Jeong Ji-a**
64 유턴 지점에 보물지도를 묻다 - **윤성희** Burying a Treasure Map at the U-turn-**Yoon Sung-hee**
65 쁘이거나 쯔이거나 - **백가흠** Puy, Thuy, Whatever-**Paik Ga-huim**

일상의 발견 Discovering Everyday Life

66 나는 음식이다 - **오수연** I Am Food-**Oh Soo-yeon**
67 트럭 - **강영숙** Truck-**Kang Young-sook**
68 통조림 공장 - **편혜영** The Canning Factory-**Pyun Hye-young**
69 꽃 - **부희령** Flowers-**Pu Hee-ryoung**
70 피의일요일 - **윤이형** BloodySunday-**Yun I-hyeong**

금기와 욕망 Taboo and Desire

71 북소리 - **송영** Drumbeat-**Song Yong**
72 발칸의 장미를 내게 주었네 - **정미경** He Gave Me Roses of the Balkans-**Jung Mi-kyung**
73 아무도 돌아오지 않는 밤 – **김숨** The Night Nobody Returns Home-**Kim Soom**
74 젓가락여자 – **천운영** Chopstick Woman-**Cheon Un-yeong**
75 아직 일어나지 않은 일 – **김미월** What Has Yet to Happen-**Kim Mi-wol**

바이링궐 에디션 한국 대표 소설 set 6

운명 Fate

76 언니를 놓치다 – **이경자** Losing a Sister-**Lee Kyung-ja**
77 아들 – **윤정모** Father and Son-**Yoon Jung-mo**
78 명두 – **구효서** Relics-**Ku Hyo-seo**
79 모독 – **조세희** Insult-**Cho Se-hui**
80 화요일의 강 – **손홍규** Tuesday River-**Son Hong-gyu**

미의 사제들 Aesthetic Priests

81 고수 – **이외수** Grand Master-**Lee Oisoo**
82 말을 찾아서 – **이순원** Looking for a Horse-**Lee Soon-won**
83 상춘곡 – **윤대녕** Song of Everlasting Spring-**Youn Dae-nyeong**
84 삭매와 자미 – **김별아** Sakmae and Jami-**Kim Byeol-ah**
85 저만치 혼자서 – **김훈** Alone Over There-**Kim Hoon**

식민지의 벌거벗은 자들 The Naked in the Colony

86 감자 – **김동인** Potatoes-**Kim Tong-in**
87 운수 좋은 날 – **현진건** A Lucky Day-**Hyŏn Chin'gŏn**
88 탈출기 – **최서해** Escape-**Ch'oe So-hae**
89 과도기 – **한설야** Transition-**Han Seol-ya**
90 지하촌 – **강경애** The Underground Village-**Kang Kyŏng-ae**

바이링궐 에디션 한국 대표 소설 set 7

백치가 된 식민지 지식인 Colonial Intellectuals Turned "Idiots"

91 날개 – **이상** Wings-**Yi Sang**
92 김 강사와 T 교수 – **유진오** Lecturer Kim and Professor T-**Chin-O Yu**
93 소설가 구보씨의 일일 – **박태원** A Day in the Life of Kubo the Novelist-**Pak Taewon**
94 비 오는 길 – **최명익** Walking in the Rain-**Ch'oe Myŏngik**
95 빛 속에 – **김사량** Into the Light-**Kim Sa-ryang**

한국의 잃어버린 얼굴 Traditional Korea's Lost Faces

96 봄·봄 – **김유정** Spring, Spring-**Kim Yu-jeong**
97 벙어리 삼룡이 – **나도향** Samnyong the Mute-**Na Tohyang**
98 달밤 – **이태준** An Idiot's Delight-**Yi T'ae-jun**
99 사랑손님과 어머니 – **주요섭** Mama and the Boarder-**Chu Yo-sup**
100 갯마을 – **오영수** Seaside Village-**Oh Yeongsu**

해방 전후(前後) Before and After Liberation

101 소망 – **채만식** Juvesenility-**Ch'ae Man-Sik**
102 두 파산 – **염상섭** Two Bankruptcies-**Yom Sang-Seop**
103 풀잎 – **이효석** Leaves of Grass-**Lee Hyo-seok**
104 맥 – **김남천** Barley-**Kim Namch'on**
105 꺼삐딴 리 – **전광용** Kapitan Ri-**Chŏn Kwangyong**

전후(戰後) Korea After the Korean War

106 소나기 – **황순원** The Cloudburst-**Hwang Sun-Won**
107 등신불 – **김동리** Tŭngsin-bul-**Kim Tong-ni**
108 요한 시집 – **장용학** The Poetry of John-**Chang Yong-hak**
109 비 오는 날 – **손창섭** Rainy Days-**Son Chang-sop**
110 오발탄 – **이범선** A Stray Bullet-**Lee Beomseon**